UM LOBO SOLITÁRIO

GRAHAM GREENE
UM LOBO SOLITÁRIO

tradução Julieta Leite

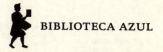

Copyright © 1984 by Graham Greene
Copyright © 2016 by Editora Globo S.A.

Todos os direitos reservados. Nenhuma parte desta edição pode ser utilizada ou reproduzida — em qualquer meio ou forma, seja mecânico ou eletrônico, fotocópia, gravação etc. — nem apropriada ou estocada em sistema de banco de dados sem a expressa autorização da editora.

Texto fixado conforme as regras do Acordo Ortográfico da Língua Portuguesa (Decreto Legislativo nº 54, de 1995).

Editor responsável: Estevão Azevedo
Editora assistente: Juliana de Araujo Rodrigues
Preparação: Jane Pessoa
Revisão: Tomoe Moroizumi e Fábio Bonillo
Diagramação: Gisele Baptista de Oliveira
Capa: Thiago Lacaz
Imagem de capa: AFP

Título original: *Getting to Know the General: The Story of an Involvement*

CIP-BRASIL. CATALOGAÇÃO NA PUBLICAÇÃO
SINDICATO NACIONAL DOS EDITORES DE LIVROS, RJ

G831L

Greene, Graham, 1904-1991
Um lobo solitário / Graham Greene ; tradução Julieta Leite. - [3. ed.] - São Paulo : Biblioteca Azul, 2016.
224 p. ; 21cm.

Tradução de: Getting to Know the General: The Story of an Involvement
ISBN 978-85-250-6190-4

1. Torrijos Herrera, Omar, 1926-1981. 2. Greene, Graham, 1904-1991. 3. Panamá - Política e governo. I. Leite, Julieta. II. Título.

16-34490
CDD: 923.1
CDU: 929:320

1ª edição, 1986
2ª edição, 2003
3ª edição, 2016

Direitos exclusivos de edição em língua portuguesa para o Brasil adquiridos por Editora Globo S.A.
Av. Nove de Julho, 5229
São Paulo — SP — 01407-200 — Brasil
www.globolivros.com.br

*Aos Amigos de meu Amigo, Omar Torrijos,
na Nicarágua, em El Salvador e no Panamá.*

Eu vou, mas volto:
quem dera eu fosse o piloto
das trevas e do sonho.

LORD ALFRED TENNYSON

SUMÁRIO

Prefácio 11

Parte I — 1976 19
Parte II — 1977 85
Parte III — 1978 127
Parte IV — 1979 e 1980 151

Epílogo — 1983 185
Pós-escrito 219

PREFÁCIO

I

EM AGOSTO DE 1981, ESTAVA COM A MALA PRONTA para minha quinta visita ao Panamá quando recebi, por telefone, a notícia da morte do general Omar Torrijos Herrera, meu amigo e anfitrião. O pequeno avião no qual voava para uma casa que possuía em Coclesito, nas montanhas do Panamá, se espatifara e não havia sobreviventes. Alguns dias depois, a voz de seu segurança, sargento Chuchu, aliás José de Jesús Martínez, ex-professor de filosofia marxista na Universidade do Panamá, professor de matemática e poeta, disse-me: "Havia uma bomba no avião. Eu *sei* que havia uma bomba no avião, mas por telefone não posso dizer por quê".

Naquele momento me ocorreu a ideia de escrever uma breve reminiscência pessoal, baseada nos diários que havia mantido durante os últimos cinco anos, como um tributo ao homem por quem minha estima crescera naquele espaço de tempo. Mas tão logo escrevi as primeiras frases, depois do título, percebi que não fora somente o General que eu conhecera durante aqueles cinco anos — fora também Chuchu, um dos poucos homens da Guarda Nacional em quem o General confiava inteiramente, e fora aquele pequeno país, exótico e bonito, dividido em dois pelo Canal e pela Zona Americana, um país que se tornou, graças ao General, de grande importância prática na luta pela libertação ocorrida na Nicarágua e em El Salvador.

II

QUANDO ESTAVA ESCREVENDO OS TRECHOS FINAIS deste livro, um amigo me perguntou: "Mas por que esse interesse que você parece ter sempre demonstrado pela Espanha e pela América de língua espanhola? Lá estava o México em *O poder e a glória*, o Paraguai em *Viagens com minha tia*, Cuba em *Nosso homem em Havana*, a Argentina em *O cônsul honorário*. Você visitou Allende no Chile. E agora publicou *Monsenhor Quixote*...".

Achei a pergunta difícil, porque a resposta estava no porão escuro do inconsciente. Meu interesse remontava a muito tempo antes de minha visita ao México, em 1938, para fazer reportagens sobre a perseguição. Meu segundo romance publicado, *Rumour at Nightfall*, que apareceu em 1934, se passava na Espanha durante as Guerras Carlistas, embora, ao tempo em que o escrevi, só tivesse estado um dia na Espanha, quando tinha dezesseis anos. Naquela ocasião visitei Coruña porque o navio atracou em Vigo na rota para Lisboa. Estava fazendo companhia a minha tia Eva. Ela ia se encontrar com meu tio em Lisboa, a caminho do Brasil, onde tinha uma empresa de café, e em Vigo eu lhe sugeri que visitássemos a sepultura do general sir John Moore, parente distante da família, morto na famosa retirada dos franceses para Coruña, onde tinha sido enterrado, "soturnos ao morrer da noite, os soldados voltando com nossas baionetas", e imortalizado pelo único poema lembrado de um clérigo irlandês, o reverendo Charles Wolfe. Quase sessenta anos depois visitei outra vez a sepultura, na qual os versos estão esculpidos, levando *Monsenhor Quixote* na cabeça como uma ideia.

Rumour at Nightfall era um romance ruim, que não quero mais ver editado, mas meu interesse em escrever coisas sobre a Espanha continuou inalterado. "Houve um romance", disse ao meu amigo, "que comecei logo depois que saí de Oxford. Felizmente nunca encontrei um editor. O título era *The Episode*. Estivera lendo o único livro de Carlyle que jamais consegui terminar — a vida de um fracassado aspirante a poeta chamado John Sterling, que, quando jovem, se envolvera com os refugiados carlistas em Londres. Tenho a primeira edição em minha estante. Encontrei-a em Chichester, há uns dez anos, por dez xelins, mas nunca mais tornara a lê-la." Peguei o livro, publicado em 1851, e o abri no Sumário. Li: "Parte I. Capítulo 8. Torrijos". O nome Torrijos saltou da página e me atingiu como um sinal enviado pela morte.

Comecei novamente a ler sobre aqueles infelizes espanhóis com quem Sterling e meu jovem herói imaginário haviam se envolvido: "Personagens majestosamente trágicos, soberbos, roupas surradas; transitando, geralmente calados, pelas amplas ruas de Euston Square e pelas redondezas da nova igreja de St. Pancras". Continuei a ler: "O chefe declarado daqueles pobres espanhóis exilados era o general Torrijos, um homem de grandes qualidades e fortuna, ainda no vigor dos anos e, naquelas circunstâncias desesperadoras, recusando-se a perder a esperança".

O general Torrijos, a quem cada vez mais estimava, fora morto no vigor dos anos, e eu estivera perto dele nas desesperadas circunstâncias devido às quais sofrera — os estágios finais das longas e arrastadas negociações com os Estados Unidos sobre o Tratado do Canal do Panamá, e seu resultado decepcionante. Ele também se recusava a perder a esperança e até considerava seriamente um possível confronto armado entre seu pequeno país e a grande potência que ocupava a Zona.

Mas por que, meu amigo insistia na pergunta, esse meu interesse durante tantos anos pela Espanha e pela América Latina? Talvez a resposta esteja aqui: naqueles países raramente a política significou uma mera alternância entre partidos rivais. Tem sido uma questão de vida e morte.

III

EM 1976 EU SABIA POUCO SOBRE O PASSADO do Panamá. Depois de se separar da Espanha, no início do século XIX, o país escolheu, por sua livre vontade, unir seu destino ao que era então uma Colômbia maior do que a que hoje existe. A nova República do Panamá, no século XX, era algo um pouco diferente. Era criação particular de Theodore Roosevelt, que estava decidido a garantir o sonho de De Lesseps de um canal que unisse os oceanos Pacífico e Atlântico, sonho que, após dez anos de trabalho, acabou em desastre financeiro, e poderia tornar-se realidade sob a proteção e o eventual domínio dos Estados Unidos. Na época do fracasso de De Lesseps, o Panamá era ainda uma província da Colômbia, separada de sua pátria mãe, como é até hoje, por montanhas e florestas sem nenhuma estrada entre elas. O objetivo dos Estados Unidos era garantir que o Panamá se tornasse um pretenso Estado independente, já que as negociações com a Colômbia sobre os direitos do Canal se arrastavam interminavelmente e, por fim, mostraram ser impossíveis.

Foi assim que, em 13 de junho de 1903, com a aprovação da Casa Branca, o *New York World* publicou um boletim extraordinário comunicando uma rebelião que ainda não acontecera:

> Chegou a esta cidade a informação de que o Estado do Panamá, que abrange toda a Zona do Canal, está deci-

dido a se separar da Colômbia e a negociar um Tratado do Canal com os Estados Unidos.

O Estado do Panamá separar-se-á se o Congresso colombiano não quiser ratificar o Tratado do Canal. Será organizada uma forma de governo republicana. Diz-se que o plano é de fácil execução, já que não há mais do que uma centena de soldados colombianos estacionados no Estado do Panamá.

Certamente provou ser de fácil execução, e a consequência foi submeter o Panamá ao domínio pessoal da família Arias e à oligarquia a ela ligada, que, quase que exclusivamente para proveito dos Estados Unidos, durou mais de meio século.

A rebelião, se é que pode ser assim chamada, foi finalmente organizada por um engenheiro francês, Bunau-Varilla, excluído do fracassado empreendimento de De Lesseps. Teve a ajuda do dr. Amador, um doutor vinculado à ferrovia construída pelos americanos, que ligava o Atlântico ao Pacífico — posição-chave como se revelou, porque quando a Colômbia, informada do que estava sendo preparado, mandou reforços de duzentos homens para Colón pelo Atlântico, os diretores da estrada de ferro, depois de conversarem com o dr. Amador, acharam-se convenientemente impossibilitados de enfrentar o transporte de tantos homens para a Cidade do Panamá; tudo o que puderam providenciar foi um trenzinho especial para acomodar o general colombiano Tokar, seus auxiliares e esposas, que assim foram transportados confortavelmente, sem qualquer homem das tropas, para o Pacífico. Lá tiveram uma recepção muito amistosa e um almoço excelente. Depois foram escoltados para a prisão.

As tropas tinham desembarcado em 2 de novembro de 1903, e no dia 6 de novembro os Estados Unidos reconheceram a República do Panamá independente. O primeiro Tratado do Canal, estabelecendo uma Zona Americana em ambos os lados do futuro Canal, em troca de uma renda ridícula baseada nos direitos de passagem, foi assinado em Washington pelo secretário de Estado americano Hay e pelo francês Bunau-Varilla. Considerou-se desnecessário pedir a assinatura de um panamenho.

O Tratado, que de tempos em tempos iria azedar as relações entre o Panamá e os Estados Unidos de 1903 até 1977, garantia perpetuamente aos Estados Unidos todos os direitos e autoridade na Zona do Canal, "que possuiria como se fosse senhor do território". E embora o Panamá, através daquele misterioso "se", pudesse se considerar detentor de uma soberania nominal, até a assinatura do Tratado, em 1977, os panamenhos que residiam ou trabalhavam na Zona estavam sujeitos à lei americana e a julgamento pela justiça dos Estados Unidos. Em vários pontos era possível entrar na Zona indo de um lado para o outro da rua. Mas se você fosse panamenho devia ter cuidado porque, se fosse envolvido numa infração de tráfego no lado errado da rua, seria julgado numa corte americana, segundo a lei americana.

O Canal ficou pronto pouco antes da deflagração da Primeira Guerra Mundial. Tornou-se dever formal de todo presidente panamenho protestar contra os termos desse tratado, que fora assinado por um francês sem autoridade em nome da junta autonomeada, mas sob o domínio da família Arias — Tomás Arias tinha sido membro da junta inicial. Aquilo era apenas um ritual e assim era encarado pelos Estados Unidos. Afinal quem estava nas ruas eram os manifestantes, não o governo panamenho, que obtivera alguns pequenos privilégios.

Em 1959, depois de uma séria agitação, o presidente Eisenhower concordou que a bandeira panamenha poderia ser hasteada ao lado da americana num ponto onde a Zona e o Panamá livre se encontravam. Como resultado das demonstrações de hostilidade, uma cerca de arame foi erguida ao longo de uma parte da Zona. Então, em 1961, o presidente Kennedy concordou que a bandeira panamenha poderia ser hasteada na Zona, onde quer que a bandeira americana estivesse: sobre hospitais, sobre escritórios na Zona e sobre as eclusas do Canal. Essa pequena concessão ao orgulho nacional foi conseguida depois de mais de meio século de negociações, mas as autoridades americanas minimizaram a vitória, no que dizia respeito às escolas da Zona, determinando que nenhuma espécie de bandeira poderia ser hasteada nelas.

Então um dia, em 1964, as crianças de uma escola americana ergueram a bandeira dos Estados Unidos e duas centenas de panamenhos marcharam para dentro da Zona a fim de hastear a sua bandeira ao lado da outra, segundo o acordo. Na peleja que se seguiu, a bandeira panamenha foi feita em pedaços. Foi aí que os panamenhos mostraram ao seu pacífico governo a violência de que eram capazes. A cerca de divisa foi estraçalhada e derrubada, a estação ferroviária da Cidade do Panamá, que ficava na Zona, foi atacada, lojas foram saqueadas, e os distúrbios se alastraram por todo o país, do Atlântico a Colón. Os fuzileiros navais americanos foram convocados, e, nos três dias de conflito que se seguiram, dezoito panamenhos foram mortos, principalmente na área pobre de El Chorillo, onde a rua principal da Cidade do Panamá teve seu nome mudado para avenida dos Mártires. Os homens da Guarda Nacional não participaram absolutamente de nada. Estavam confinados em quartéis.

Foi como uma vitória para o povo do Panamá. Um ano mais tarde o presidente Johnson anunciou que o velho Tratado iria ser anulado e seriam abertas negociações para um tratado novo e mais justo, mas em 1976, onze anos depois, quando pela primeira vez fui convidado a visitar o Panamá, as negociações ainda prosseguiam. Os líderes do Panamá, porém, haviam mudado. Em 1968 dois jovens coronéis da Guarda Nacional, Torrijos e Martínez, obrigaram o presidente Arias a entrar num avião para Miami e tomaram o poder. No ano seguinte o coronel Martínez, um direitista, viu-se conduzido de maneira idêntica para um avião com destino a Miami. O coronel Torrijos assumiu o comando da Guarda Nacional e, positivamente, nada mais seria igual outra vez.

PARTE I
1976

I

No INVERNO DE 1976 FIQUEI SURPRESO e um pouco confuso ao receber em Antibes um telegrama, procedente do Panamá, assinado por um certo Señor V — nome completamente estranho para mim — dizendo que eu estava sendo convidado pelo general Omar Torrijos Herrera a visitar o Panamá como seu hóspede e que uma passagem me seria enviada através da agência de viagens aéreas de minha escolha.

Até hoje não sei o que se passava na cabeça do General quando o convite foi expedido, mas não senti qualquer hesitação em aceitá-lo. Tinha esquecido completamente que fora o general Torrijos quem quase envolvera John Sterling numa perigosa aventura, mas eu sabia que o Panamá, mais até do que a Espanha, havia assediado com insistência a minha imaginação. Quando criança assistira a uma peça ao ar livre, da autoria de Stephen Phillips, na qual, sobre o grande palco de Drury Lane, Drake era mostrado atacando um trem de carga bem realista, quando passava pela rota do ouro da Cidade do Panamá para Nombre de Dios, e eu sei de cor grande parte do bom/mau poema "O tambor de Drake", de Newbolt.

*Drake estava em seu beliche e a mil milhas distante
Capitão, estás dormindo aí embaixo?
Atiraram a bala de canhão na baía de Nombre de Dios...*

Que importava que o poema de Newbolt fosse inexato e que fora na baía de Portobelo, distante algumas milhas de Nombre de Dios, que o corpo de Drake tinha sido jogado no mar?

Para uma criança, a atração da pirataria envolve o Panamá na história de como sir Henry Morgan atacou e destruiu a Cidade do Panamá, e quando cresci li a respeito da desastrosa colonização escocesa na orla das matas cerradas de Darién, que permanecem até hoje, em sua maior parte, inexploradas e inalteradas.

Estava por chegar o dia em que, na cidade de David, percebi que um segurança negro do general Torrijos tinha o nome Drake pregado na camisa.

Por brincadeira, lhe perguntei: "Você é descendente de sir Francis Drake?".

"Talvez, homem", respondeu com um largo sorriso de prazer, e lhe recitei parte do poema de Newbolt.

"Finalmente consegui", pensei naquele momento, "estou realmente aqui no Panamá."

Nessa época eu tinha visto quão pouco restara da rota do ouro, e logo estaria visitando Nombre de Dios, agora apenas uma aldeia indígena sem nenhum acesso por estrada, até mesmo por cargueiro, e já me sentia singularmente em casa naquele pequeno e remoto país dos meus sonhos, como nunca antes me sentira em qualquer país da América Latina. Outro ano e me pareceria simplesmente natural estar viajando para Washington como membro credenciado da delegação panamenha para a assinatura do Tratado do Canal com os Estados Unidos, portando um passaporte diplomático panamenho. Uma das grandes qualidades do general Torrijos era seu senso de humor.

II

APÓS MANDAR MINHA RESPOSTA, consultei meu amigo Bernard Diederich, a quem conhecera no Haiti e na República Dominicana. Ele trabalhava então como correspondente da *Time* para a América Central. Em sua resposta ele aconselhava certa cautela em relação ao Señor V, que, aparentemente, era um dos conselheiros do General, e se propunha a ir da Cidade do México, onde agora vivia com a esposa haitiana e os filhos, encontrar-se comigo no Panamá.

Preferi voar de Amsterdã direto para o Panamá, a fim de evitar a mudança de aviões nos Estados Unidos, onde costumava ter problemas com o visto, e mal imaginava como ficaria familiarizado com a longa rota de mais de quinze horas — de Amsterdã à Cidade do Panamá, com três escalas de permeio.

Pela primeira vez em muitos anos, desde que ficara supersaturado de viagens aéreas a África, Malásia e Vietnã, tive novamente certa sensação de aventura. Por que, se não fosse isso, teria eu feito anotações triviais em um diário desde o momento em que chegara a Amsterdã?

A cidade me era bastante conhecida desde 1946, período em que tinha de ir lá frequentemente, nas minhas funções de editor, para recomprar papel inglês que havia sido exportado da Inglaterra, onde estava racionado, papel de que muito precisávamos para imprimir nossos best-sellers — a Bíblia e os romances de certa senhora americana chamada sra. Parkinson Keyes, cujos livros eu achava positivamente ilegíveis. Eu tinha de pagar minha conta no hotel, ou pelo menos parte dela, com cigarros que passava para o barman do Hotel Amstel. Havia lautos jantares e um bocado de gim Bols bebido com impressores e suas esposas, e logo aprendi que a coisa que mais demonstrava camaradagem era dar tapinhas no traseiro de minha anfitriã enquanto ela se sentava.

O aeroporto Schiphol é seguramente o mais confortável dos aeroportos do mundo. No andar térreo parece haver um sofá para cada passageiro, e três lojas de diamantes concorrentes (uma delas anunciando em japonês) contribuem para a atmosfera de ociosidade e luxo. Graças ao general Torrijos eu estava viajando na primeira classe, por isso devia usar a sala Van Gogh com suas poltronas amplas e bufê fartíssimo. Mesmo nas várias horas passadas agradavelmente naquele ambiente, e no momento em que embarquei no avião, sentia-me extraordinariamente feliz, especialmente por que prefiro Bols a qualquer outro gim.

"Bols novo ou envelhecido?", perguntou-me a aeromoça tão logo decolamos.

"Qual é o melhor?"

"Não sei, mas meu pai, e ele tem a mesma idade que o senhor, prefere o novo."

Experimentei os dois e discordei do pai dela. Mantive-me fiel ao Bols envelhecido durante todo o trajeto para o Panamá.

O sentimento de excitação aumentou, e uma sensação de diversão que jamais experimentara antes quando voava para a guerra francesa no Vietnã, para a Emergência na Malásia, para a rebelião Mau-Mau no Quênia, para uma colônia de leprosos no Congo. Aquelas foram viagens sérias — esta não era. Pensava nela apenas como uma aventura meio cômica, inspirada por um convite feito por uma pessoa totalmente estranha e que chegara até mim vindo do céu.

Medo pode ser facilmente sentido, mas é difícil que a diversão se aproxime de nós na idade madura, por isso eu já experimentava um sentimento de gratidão para com o general Omar Torrijos. Seu título no Panamá, aprendi mais tarde, era Chefe da Revolução, e ele era o verdadeiro chefe do país. O único privilégio do presidente, tanto quanto pude perceber naquela primeira viagem, era ter um estacionamento reservado para seu carro no Hotel Panamá.

A sensação de diversão, porém, desvaneceu-se na chegada. Dois educados desconhecidos me esperavam no aeroporto — o dúbio Señor V, disseram-me, encontrava-se em Nova York por um dia ou dois, mas seu carro estava à minha disposição. Levaram-me para o Hotel Panamá (o nome, ai de mim, está hoje mudado para Hilton) e me deixaram num quarto com sessenta pés de comprimento (eu o medi com passadas). Nenhum Diederich estava lá para me receber, e eu me senti muito só, porque sabia pouco espanhol para me comunicar. No México, aproximadamente quarenta anos antes, eu fora capaz, depois de vinte lições Berlitz, de conjugar o presente, se bem que o futuro e o passado estivessem além das minhas forças, mas agora até mesmo o presente estava esquecido em sua maior parte. Começava a ficar desconfiado do misterioso General que era meu anfitrião e a me sentir ridículo naquele quarto enorme.

Atrasei meu relógio, e como era apenas hora do café da manhã no Panamá e eu já almoçara no avião, tentei dormir. O motorista do Señor V me acordou — ele não falava uma palavra de inglês e eu lhe pedi que voltasse às duas e meia da tarde, no horário do Panamá, indicando os números no meu relógio. Diederich, eu fora informado no aeroporto, era esperado do México à uma hora. O motorista voltou pontualmente às duas e meia, mas ainda não havia nenhum Diederich. Disse ao homem que voltasse às dez no dia seguinte. Estava me sentindo triste. Toda a sensação de aventura se fora e quanto à diversão... comecei a detestar meu enorme quarto.

Às três e meia desci e, sob um ventilador que girava lentamente, pedi o que eu achava ser um ponche de rum. Mas, decididamente, não havia álcool algum nele. No lado do Panamá que fica no Pacífico não estão acostumados com ponche de rum, e, de qualquer modo, descobri mais tarde, eu usara o termo errado. Só o ponche do plantador continha alguma coisa mais forte do que um aroma. Às quatro horas ainda não havia nenhum Diederich, e procurei em vão dormir. Por que deixara minha casa em Antibes e meus amigos e viera para o Panamá, onde as horas passavam tão lentamente como se tivessem sido atrasadas outra vez?

Por volta das cinco tudo mudou para melhor. Diederich chegou. Fazia mais de dez anos desde a última vez que tínhamos viajado juntos ao longo da trilha da fronteira (somente os mapas diziam que era uma estrada internacional) entre o Haiti de Papa Doc e a República Dominicana, que eu precisava conhecer para terminar meu romance *Os farsantes*. Juntos também visitamos os guerrilheiros haitianos alojados num manicômio abandonado, emprestado a eles pelo governo dominicano.

Os anos não o tinham mudado. Bebemos uísque, conversamos, e embora ele não pudesse descobrir o motivo oculto no convite do General, pelo menos pôde diminuir a extensão da minha ignorância. O Señor V, disse-me, era um antigo homem de Arias, e não confiava nele. Quando os dois jovens coronéis da Guarda Nacional terminaram com meio século de poder da família Arias, pondo o presidente num avião para Miami, o Señor V ficara para trás, e mesmo depois que o coronel Martínez, da ala direita, foi despachado para o mesmo "Vale dos Caídos", ele ainda sobreviveu. Havia, é claro, outros sobreviventes. Torrijos, parecia, não era homem de fazer uma limpeza geral. Ele não era limitado ideologicamente. Por exemplo, havia um jornalista a quem era bom tratar com extrema cautela porque era outro dos homens de Arias. Diederich me deu uma clara descrição física do homem, baixo e robusto, com uma falsa bonomia, que ria sem motivo, assim facilmente o reconheci no dia seguinte quando, bastante convencido, não deixou de se apresentar.

Passamos para a situação política.

"E as negociações para a devolução da Zona do Canal? Como vão indo?"

"Oh, vão se arrastando como de hábito. O General está ficando impaciente. Quanto a isso, os americanos na Zona também estão." O principal agitador americano na Zona, um policial chamado Drummond, afirmava que seu carro fora destruído por uma bomba e se preparava para liderar uma manifestação contra qualquer negociação em três turnos.

O telefone tocou. Era um dos dois homens que me apanharam no aeroporto. A voz me disse que o General estava planejando visitar uma localidade do interior no dia seguinte. Gostaria de ir com ele? Perguntei se podia levar meu amigo Diederich. O homem conhecia o nome, obviamente, e me pareceu em dúvida, como se não confiasse no correspondente da *Time*. Disse, porém, que iria perguntar. Poucos minutos depois voltou a ligar. O General respondera: "O Señor Greene é nosso hóspede. Pode levar quem quiser". Um carro iria nos apanhar às dez horas da manhã seguinte.

III

No outro dia houve um pequeno mal-entendido. Um motorista chegou ao hotel exatamente às dez e perguntou pelo Señor Greene. Diederich e eu partimos com ele. Depois de aproximadamente dez minutos comecei a ficar (não sei por quê) desconfiado do caminho que estávamos seguindo. Eu estava certo. Era o carro errado, e eu era o sr. Greene errado. Estivéramos, assim parecia, no trajeto para uma nova mina de cobre no interior. Voltamos ao hotel, ao carro certo e ao motorista certo, muito mais do que o motorista certo, porque se tornou meu guia, filósofo e amigo, e o continua sendo até hoje. Professor José de Jesús Martínez, mais conhecido no Panamá como Chuchu, era sargento da guarda de segurança do General. Era um poeta e um linguista que falava inglês, francês, italiano e alemão, assim como o espanhol. Mas para nós, então, ele era apenas um sargento desconhecido levando-nos de carro para uma casa nos subúrbios onde o General preferia ficar, mais do que em sua própria residência — em parte, talvez, por razões de segurança —, com seu grande amigo Rory González, o diretor da mina de cobre que havia muitos anos ajudara o jovem tenente Torrijos, da Guarda Nacional, quando ele estava de serviço no interior do país.

Era uma casinha suburbana insignificante, diferenciando-se do comum somente pelo número de homens em uniformes camuflados agrupados na entrada e por ter nos fundos, em vez de um jardim, um pequeno pátio cimentado, menor do que uma quadra de tênis, onde um helicóptero podia aterrissar. Recebidos na casa, passamos por um cão de porcelana em tamanho natural e nos sentamos para esperar nosso anfitrião. Numa gaiola, um periquitinho saltava de cá para lá em silêncio, parecendo medir o tempo como um engenhoso relógio suíço.

Dentro em pouco, dois homens vieram ter conosco. Estavam de roupão e ceroulas. Um tinha os pés descalços e o outro estava de chinelos de quarto, e eu estava em dúvida quanto a quem me dirigir como General. Ambos eram homens na casa dos quarenta, mas um era gordo, com um rosto juvenil e imperturbável que me deu a impressão de não mudar nunca, o outro era magro e bem-apessoado, com um topete que caía sobre a testa e olhos reveladores (era o que estava de pés descalços). Nesse encontro o que o olhar revelava era uma impressão de cautela, de suspeita até, como se achasse que podia estar diante de uma nova espécie da raça humana. Decidi, corretamente, que esse era o General.

Durante os quatro anos seguintes, aprendi a conhecer bem aqueles olhos; às vezes expressavam um humor quase maluco, uma afeição, um pensamento íntimo insondável e, mais do que todos os outros estados de espírito, uma sensação de sina. Por isso, quando a notícia de sua morte num desastre de avião chegou até a mim na França — acidente? bomba? —, o que senti não foi tanto um choque quanto uma tristeza, há muito esperada, pelo que me parecera durante anos um fim inevitável. Lembro-me de que uma vez lhe perguntei qual era seu sonho mais frequente, e sem hesitar ele respondeu: *"La muerte".*

Durante algum tempo houve uma conversa vaga traduzida por Chuchu, conversa polida e cautelosa através da qual, de certo modo, algumas verdades vieram à tona — que ele era, como eu, filho de um professor e saíra de casa aos dezessete anos e fora para uma academia militar em El Salvador. Talvez ele estivesse pintando para o estranho que precipitadamente convidara a ir ao seu país — bem poderia agora estar se perguntando: por que razão? — um autorretrato como um simples homem de ação, o que estava muito longe da verdade. Olhou-me de esguelha e atacou os intelectuais. "Os intelectuais", comentou, "são como vidro delicado, cristal, e podem ser rachados por um som. O Panamá é feito de rocha e terra."

Consegui o primeiro sorriso dele quando lhe disse que provavelmente escapara de ser um intelectual fugindo da escola a tempo.

Mudamos o assunto, então, para o Caribe. Parecia saber que eu estivera em Cuba, Haiti, Martinica, St. Kitts, Granada, Barbados, República Dominicana, Jamaica. Por que, ele perguntou, esse interesse?

Disse-lhe que era, de certa forma, um interesse de família e lhe contei a história de meu avô e de meu tio-avô. Como meu avô, aos quinze anos, fora embarcado para juntar-se ao seu irmão na administração da plantação de cana-de-açúcar da família em St. Kitts, como seu irmão morrera de febre amarela poucos meses após sua chegada, com dezenove anos de idade, e, diziam, deixara treze filhos.

Foi como se eu abrisse uma porta para a confiança do General. Ficou despreocupado. Possivelmente ninguém com um tio-avô daqueles poderia ser um intelectual.

Meu avô, depois de ter voltado para casa em Bedfordshire — continuei —, jamais se livrara das lembranças de St. Kitts, e finalmente, na velhice, abandonara mulher e filhos para voltar para lá e morrer. Descrevi os dois túmulos que visitei, um ao lado do outro, e a igreja que me lembrava uma velha paróquia inglesa.

Talvez o General estivesse pensando na minha história quando mais tarde, ao anoitecer, fez comentários sobre seu próprio país: "Quando você encontra grama sem aparar no cemitério de uma vila, a vila não é boa. Se não cuidam dos mortos, não cuidarão dos vivos". Acho que foi o mais próximo que chegou de expressão religiosa, a não ser que se leve em consideração o sonho que me contou dois anos depois: "Sonhei que vi meu pai no outro lado da rua. Chamei-o: 'Pai, como é a morte?'. Ele começou a atravessar a rua, apesar do tráfego, gritei para adverti-lo e então acordei".

De fato, todo o clima tinha mudado. Quando disse ao General que o motorista do Señor V não sabia falar inglês, ele imediatamente designou Chuchu para meu guia. "Ele o levará para onde quiser. Esqueça o Señor V." E assim, durante os quatro anos que se seguiram, Chuchu sempre estava no aeroporto me esperando, e nós íamos realmente para onde queríamos no Panamá, em Belize, na Nicarágua, na Costa Rica, mesmo que fosse necessário um avião, um helicóptero ou um carro para as viagens.

Naquela manhã, porém, Torrijos escolheu. Queria passar algumas horas em Contadora, uma das ilhas Pérola, onde o xá do Irã mais tarde se encontraria numa espécie de prisão domiciliar, com Chuchu de guarda, antes de ter sido recambiado para o Egito e para a morte. No aeroporto, tivemos de esperar enquanto o avião do General estava sendo preparado e duas criancinhas insistiam em brincar com Torrijos. Mais tarde eu perceberia que ele tinha singular atração por crianças. Elas iam viajar com a mãe no voo comercial, mas, talvez por ser uma mulher jovem e bonita, Torrijos convidou os três a se juntar ao nosso grupo.

No hotel onde almoçaríamos, o General nos deixou para ir a um encontro que suspeitei, talvez erradamente, ser um encontro amoroso. Depois do almoço passeamos de carro ao redor da ilha, grande parte da qual era ainda floresta virgem, e pouco depois Torrijos reencontrou-se conosco. Parecia relaxado, e eu fiquei razoavelmente certo de que detectara em seu semblante "traços de desejo satisfeito". Ele já não estava de guarda contra os intelectuais. Até mesmo expressou sua admiração pelos romances de García Márquez e pelos poemas — medíocres, segundo a opinião de Chuchu — de um certo poeta romântico espanhol.

Naquele momento uma bela turista colombiana chegou e falou com ele, dizendo-lhe que era cantora. Teve sobre ele o efeito de um copo do seu uísque favorito, que descobri ser o Johnnie Walker Black Label. Não me surpreendi quando, alguns dias depois, me disse que tinha ido à Colômbia, no seu avião, para um encontro com ela no aeroporto de Bogotá.

Antes que ela fosse embora, porém, outra criança apareceu, enfiou no bolso do General o cartão de visitas de seu pai e pediu um dele em troca. O General fez-lhe a vontade, e, logo depois, permitiu-se que um jornalista gordo — que reconheci pela descrição de Diederich como o sobrevivente suspeito da época de Arias — se intrometeu em nosso grupo. Pude ver a repugnância no rosto de Chuchu, mas o General continuou a falar com franqueza sobre as negociações com os Estados Unidos, como se não houvesse qualquer potencial espião presente. Disse: "Se os franceses tivessem construído o Canal como estava planejado, De Gaulle o teria devolvido. Medidas devem ser tomadas se Carter não reiniciar as negociações de imediato. O ano de 1977 é o ano em que nossa paciência e as desculpas deles se esgotarão". Falou como se o Panamá e os Estados Unidos fossem potências iguais e, de certa forma, acreditava nisso.

O General tinha boas razões para estar impaciente. Reportou-se aos distúrbios de 1964, quando a Guarda Nacional permaneceu em seus quartéis e deixou os estudantes no comando. O jovem oficial Torrijos observara a atuação dos guardas com um sentimento de vergonha. "É bom", disse, "que Vance seja secretário de Estado de Carter. Ele estava no Panamá quando os distúrbios começaram e nós tivemos de tirá-lo às escondidas do seu hotel dentro da Zona, de maneira que ele sabe como podem ser as desordens no Panamá. Era um homem muito assustado." Acrescentou: "Se os estudantes irrompessem novamente na Zona, a única alternativa que eu teria seria aniquilá-los, ou chefiá-los. Eu não vou aniquilá-los". Fez então um comentário que gostava muito de repetir: "Não quero entrar para a História. Quero entrar na Zona do Canal". Bem, ele entrou, embora em condições não tão satisfatórias como desejava, e é possível que tenha pagado seu êxito com a própria vida.

Somos bem capazes de classificar em conjunto todos os generais da América do Sul e da América Central. Torrijos era um lobo solitário. Em sua luta diplomática com os Estados Unidos não teve qualquer apoio de Videla, da Argentina, de Pinochet, do Chile, de Banzer, da Bolívia — generais autoritários que mantinham seu poder com a ajuda dos Estados Unidos e que, afinal, só existiam porque representavam o anticomunismo aos olhos dos americanos. Torrijos não era comunista, mas era amigo e admirador de Tito e tinha bom relacionamento com Fidel Castro, que o mantinha suprido de excelentes charutos Havana, os rótulos com seu nome impresso, e que o aconselhava a ser prudente. Conselho indesejável, que seguia com relutância. Seu país se tornara um abrigo seguro para refugiados da Argentina, da Nicarágua e de El Salvador, e seu sonho, eu entenderia nos anos que se seguiram, era uma América Central social-democrata que não seria uma ameaça para os Estados Unidos, mas completamente independente. Quanto mais perto chegou do êxito, porém, mais se aproximou da morte.

Naquela tarde ensolarada em Contadora, depois do encontro no hotel, ele estava feliz e descuidado em sua conversa. Só mais tarde foi que achei que pude ler a premonição de morte em seus olhos — morte que não era apenas o fim de seu sonho de socialismo moderado, mas, talvez, o fim de toda esperança de uma paz justa na América Central.

Foi lá, na ilha de Contadora, que as negociações com os Estados Unidos se arrastaram durante anos ao longo de suas lentas etapas. Mais uma vez a delegação estava por chegar para conversações, como de hábito chefiada pelo velho sr. Elsworth Bunker, um antigo embaixador no Vietnã do Sul. Deviam ficar uma semana naquela agradável ilha turística, onde se tornara um hábito realizar as conferências, e então voltariam para casa por mais um ano. Não se esperava muito deles. Gloria Emerson, no seu admirável livro sobre o Vietnã, escreveu sobre Bunker: "Por sete anos nunca hesitou em apoiar e ampliar a política americana no Vietnã. Era considerado — nos termos mais gentis — um homem violento, frio, obstinado. Era conhecido pelos vietnamitas como a 'Geladeira'".

IV

NO DIA SEGUINTE, DIEDERICH E EU TOMAMOS o trem que liga a Cidade do Panamá a Colón, no lado do Atlântico. A corrida do ouro para a Califórnia, no século XIX, tinha dado origem à ferrovia, que fora construída à custa de milhares de vidas.

As estações, em ambas as extremidades do trilho, ficavam na Zona Americana, e a estrada de ferro tinha um encanto nostálgico. Parecia pertencer a um inocente passado americano. Os funcionários da ferrovia usavam chapéus com abas largas, que poderiam ser da época da Guerra Civil, e durante o pachorrento avanço num trem a vapor através da Zona indo do Pacífico até o Atlântico, com vislumbres de lagos e florestas, tivemos a impressão de estar voltando no tempo. Por alguns instantes estivemos na calma época vitoriana, e quando saímos da estação em Cristóbal e, atravessando a rua, deixamos a Zona e voltamos à República, em Colón, permanecíamos no século XIX, caminhando sob as belas casas com sacadas de madeira que os franceses tinham construído no tempo de De Lesseps. Haviam degenerado em cortiços sem perder sua beleza.

Tínhamos marcado com Chuchu um encontro para almoçarmos no Washington Hotel porque queríamos voltar de carro através da Zona, onde ainda existia uma pequena parte da trilha do ouro. Diederich precisava de filmes, e nós paramos numa loja de artigos fotográficos e pedimos informações sobre o caminho para o hotel. "Vocês só precisam seguir direto até o final da rua", disseram.

Era uma rua comprida e muito deserta. Só ocasionalmente um tipo ocioso rompia a solidão na esquina de uma rua transversal, e tínhamos andado talvez uns cem metros quando encontramos um grupo de guardas panamenhos parados junto a uma caminhonete da polícia. Um deles perguntou, autoritário:

"Para onde estão indo?"

Tive vontade de dar uma resposta insolente, mas felizmente Diederich falou primeiro:

"Washington Hotel", disse.

"Entrem na caminhonete."

Um policial sentou-se ao nosso lado. Tive a impressão de que estávamos sendo detidos. Mas por quê? Partimos pela longa rua abaixo.

"Para onde estamos indo?", perguntei.

"Para o Washington Hotel, é claro."

Só então o oficial explicou:

"Você não pode andar desse jeito com sua máquina fotográfica", disse a Diederich. "Esta rua está cheia de ladrões. Andam armados de facas e à procura de turistas com câmeras. Vocês não chegariam ao hotel."

"Por que não nos avisaram na loja onde compramos o filme?"

"Oh, provavelmente porque esperavam conseguir sua máquina bem barato através dos ladrões. Tivemos que matar um ou dois esta semana."

Achei que, como Vance, o secretário de Estado, estávamos aprendendo um pouco sobre o Panamá, embora eu tivesse sido avisado previamente pelo melhor e mais franco de todos os guias de turismo, *The South American Handbook*: "Assaltos, mesmo à luz do dia, são um perigo real tanto em Colón quanto em Cristóbal".

O Washington Hotel, com vista para o Atlântico, tinha a beleza clássica da sua época — fora construído em 1913, ano em que o Canal fora concluído, embora ainda não tivesse sido aberto. Não pude deixar de me sentir um pouco envergonhado quando fomos deixados na porta por um carro de polícia, mas a vergonha logo passou com o auxílio de um excelente ponche do plantador, porque agora estávamos no lado caribenho do Panamá e na companhia de Chuchu.

Durante o almoço ficamos sabendo um pouco mais sobre o passado de Chuchu. Em 1968, quando houve o golpe de Estado, ele começara a sentir que, como professor de filosofia marxista, poderia estar em perigo. Partiu então para a França, onde se graduou em matemática na Sorbonne. Quando recebeu notícias de que o colega fascista de Torrijos fora, por sua vez, despachado para Miami, regressou ao Panamá. Não o aceitariam mais como professor marxista, mas o transformaram em professor de matemática. Em outra ocasião, mais tarde, ele me mostrou um livrinho que publicara intitulado *A teoria do insinito*.

"Céus, o que é insinito?", perguntei.

"Oh, bem, você compreende. Perdi um dente da frente e, quando estava fazendo a conferência, acho que pronunciava 'insinito'."

Mas como, perguntei, tornou-se um sargento na guarda de segurança do General?

As angulosas feições maias iluminaram-se com o prazer da lembrança: contou-nos, exultante, que era cinquenta por cento índio maia, trinta por cento espanhol, dez por cento negro, e um bocado de mistura nos dez por cento restantes. Disse que se interessava por fotografia e fora uma vez, por uma noite, visitar o acampamento dos Porcos Selvagens, uma força organizada por Torrijos especialmente para guerrilhas em selvas e montanhas, a fim de tirar fotografias deles. Fora acordado às cinco horas da manhã pela marcha dos novos recrutas, mil homens que estavam cantando uma música de provocação aos Estados Unidos. Ninguém escrevera a canção. Era improvisada, aos poucos, por cada nova turma de recrutas, acompanhando a batida dos pés. O tema era este:

> Lembro-me daquele 9 de janciro quando eles massacraram meu povo, estudantes armados apenas com paus e pedras, mas agora eu sou um homem e carrego uma arma. Ordene, meu general, e nós entraremos na Zona e os empurraremos para dentro d'água, onde os tubarões podem comer *mucho Yanqui, mucho Yanqui.*
> *Los botaron*
> *De Vietnam*
> *Los tenemos*
> *Ahora em Cuba*
> *Dalés Cuba*
> *Dalés duro*
> *Panamá*
> *Dalés duro*
> *Venezuela*
> *Dalés duro*
> *Puerto Rico*
> *Dalés duro*

Ele gravara a música, que agora tocava para nós, numa fita cassete. Estava tão animado com a canção que se dirigiu ao oficial comandante e lhe disse que desejava juntar-se aos Porcos Selvagens. O oficial lhe respondeu que era velho demais para aguentar o treinamento rigoroso, mas aconteceu que naquela manhã o General visitou o acampamento, vindo da casa que possuía em Farallón, na costa do Pacífico, e o oficial lhe contou como piada que estava lá um professor que queria se alistar. O General falou com Chuchu "com muita dureza" e depois ordenou ao oficial: "Deixe o velho idiota tentar".

Ele tentou e sobreviveu ao rigor do treinamento. Quiseram promovê-lo a oficial, mas ele recusou — o General então o nomeou sargento de sua guarda de segurança para estar de serviço somente fora do período letivo na universidade. Eu logo perceberia a grande confiança que o General depositava nele, confiança que nunca tivera no seu chefe do Estado-Maior, coronel Flores. O General tinha respeito pela literatura e pelo fato de Chuchu ser poeta, além de matemático e professor. Torrijos até deu a Chuchu permissão para sacar dinheiro de sua conta, de modo que, sem envolver o General abertamente, pudesse ajudar refugiados que tivessem escapado de Somoza na Nicarágua, de Videla na Argentina, ou de Pinochet no Chile.

Chuchu permaneceu fiel ao marxismo, mas sua fidelidade primeira era para com Torrijos, embora o General acreditasse na social-democracia, que, para Chuchu, devia parecer uma xícara de chá morno. Uma vez, naquele ano, quando nós três estávamos juntos e a eterna questão das negociações sobre o Canal veio à baila, Chuchu explodiu: "Quero um confronto, não um tratado". Em seguida olhou de esguelha, nervosamente, para onde o General estava deitado, descansando em sua rede, como se de repente tivesse se lembrado de que ele estava de uniforme, apenas com as divisas de sargento. O General respondeu calmamente:

"Concordo com você". Porque a social-democracia do General jamais fora morna. Era um sonho, sem dúvida; se você prefere, era um sonho romântico.

V

Há um carisma que nasce da esperança — uma esperança de vitória contra as adversidades —, Castro e Churchill são exemplos óbvios. Torrijos desconhecia totalmente o seu carisma diferenciado — um carisma próximo do desespero. Ter apenas quarenta e oito anos e sentir o tempo passar — não em ação, mas com cautela; fundado um novo sistema de governo: movendo-se lentamente em direção à social-democracia por meios que exigiam uma paciência infinita (e, ainda assim, em suas viagens, ele não tinha paciência sequer para tomar uma canoa ou esperar por uma ponte sobre um rio — queria mergulhar e atravessar a nado); conviver dia após dia com o problema do Canal, sonhando, como um soldado, com um simples confronto de violência, e no entanto, ainda assim, agir com aquela maldita e forçada prudência que Fidel Castro aconselhara... não era fácil. Uma vez ele me disse: "E eu pensava que quando tivesse o poder seria livre".

Teria ele, me perguntei várias vezes durante os quatro anos seguintes, tido tempo para estabelecer sua social-democracia? Na Inglaterra, mais do que nunca, acho que estamos preparados para admitir outras formas de democracia, até mesmo sob um chefe de Estado militar, além da nossa democracia parlamentar, que funciona satisfatoriamente há quase duzentos anos, nas circunstâncias especiais desses duzentos anos. O Panamá já desenvolveu uma forma bem diferente de democracia.

Na Assembleia da República do Panamá havia quinhentos e cinco deputados eleitos por votos distritais. Para concorrer a uma eleição, um candidato precisava ter, no mínimo, vinte e cinco cartas de apoio. Os deputados eleitos se reuniam na capital só uma vez por ano, durante um mês, para apresentar relatórios sobre seus distritos e votar sobre legislação. O resto do tempo tinham de viver com seus eleitores e seus problemas. (Uma simples "cirurgia" de fim de semana à moda inglesa não servia para eles. Eu tinha a impressão de que lá bem poderia acontecer uma renovação de deputados maior do que em nosso Parlamento.) Um Conselho Legislativo, de mais ou menos quinze membros, percorria as províncias durante o ano e discutia com os deputados as leis que a Assembleia votaria. Os deputados podiam pertencer a qualquer doutrina política, mas cada um devia representar seu distrito, não seu partido.

Os ministros eram indicados pelo chefe de Estado — Torrijos riu quando lhe disse que um homem podia escolher seus inimigos, mas não seus amigos, porque ele tinha alguns reacionários entre seus ministros, escolhidos por razões táticas. O General, como os membros de seu Conselho Legislativo, estava em constante atividade, ouvindo queixas, levando consigo ministros que deviam dar ao povo respostas adequadas. O sistema podia funcionar bem num pequeno país como o Panamá. Aproximava-se mais da ágora de Atenas do que da democracia da Câmara dos Comuns, e não devia ser desprezado por causa disso. Pode até mesmo ter havido um passo na direção oposta de uma verdadeira democracia quando, após a assinatura do Tratado, para agradar aos Estados Unidos, o General organizou seu próprio partido para disputar uma eleição parlamentar no velho estilo, com os antigos rótulos: Conservadores, Liberais, Socialistas, Comunistas.

Depois que voltamos de Colón, fui a uma típica reunião entre eleitores e deputados em El Chorillo, uma das partes mais pobres da Cidade do Panamá. O representante de El Chorillo fez um discurso longo e desordenado, e as queixas dos eleitores desciam a detalhes insignificantes, como o comportamento negligente do encarregado das piscinas locais. Pelo modo com que remexia o charuto — um dos excelentes Havana fornecidos por Fidel Castro — podia-se ver que o General estava entediado. Pensei nas muitas horas de reuniões como aquela que devia suportar quando viajava pelo país. Havia cartazes de propaganda colados nas paredes: "Omar tem seu ideal — liberdade total. Eles ainda não inventaram um projétil que possa matar um ideal". "O país com cinco fronteiras." "El Chorillo — a Avenida dos Mártires." (Lembrei-me de que foi em El Chorillo, que faz limite com a Zona do Canal, que dezoito estudantes perderam a vida em 1964.)

No salão apinhado todo mundo ficou feliz quando o deputado desceu do palanque. O pessoal animou-se. Uma jovem negra, levando atrás de si uma mulher velha e silenciosa, começou a gritar estridentemente e a sacudir os braços erguidos como uma possessa dançarina de vodu. A velha senhora, contou a jovem negra, tinha setenta e seis anos, ainda trabalhava para o governo e não tinha pensão. Os pontos principais das falas eram agora sublinhados pelo som de tambores, e aquilo tornava a cena cada vez mais parecida com o vodu haitiano. Um orador negro falou com grande dignidade e segurança: "Temos a autoridade moral dos que trabalham por baixos salários". A Zona vinha à tona com frequência nos discursos: "Estamos esperando para avançar, estamos com o senhor, basta que ordene", e todos os tambores rufavam. O General não revirava mais seu charuto.

Uma denúncia importante veio a público. Vários altos prédios de apartamentos haviam sido construídos com a inevitável sabotagem de elevadores e janelas, tal como víramos na Inglaterra e na França. Edifícios altos são para o rico, que pode sair para ir a teatros, restaurantes e festas, não para o pobre, que está condenado a viver no isolamento. Além do mais, os encargos com os apartamentos estavam acima das posses dos locatários, que assim ficavam em débito. O General pediu a seu ministro da Habitação que prestasse esclarecimentos e fez um péssimo negócio. O General pediu mais informações. Uma garota disse o que pensava com raiva. Uma mulher teve uma crise histérica. Os tambores rufaram.

Houve a seguir queixas sobre o serviço de saúde — o ministro da Saúde defendeu seus médicos com indignação. Causou uma impressão melhor do que o ministro da Habitação. Um jovem magistrado pediu mais segurança nas ruas. As horas passavam.

Chegou a vez de o General falar, mas não de cima do palanque. Equilibrou-se sobre a beira oscilante da plataforma, um copo de água na mão, uma multidão de rostos atentos abaixo dele — lá não havia muita segurança. Um oficial da Guarda Nacional estava sentado na plataforma, imóvel, mascando chiclete como um coronel americano.

O jornalista que se juntara a nós na ilha, e em quem não se podia confiar, abriu caminho a cotoveladas e veio para meu lado. Perguntei-lhe:

"Quem é aquele oficial?".

"É o coronel Flores, chefe do Estado-Maior. Um homem muito leal, como seu pai antes dele. Ele também era muito leal."

Mas leal a quem?, perguntei a mim mesmo. Leal ao presidente Arias?

Era a primeira reunião do General nos cortiços de El Chorillo, e El Chorillo ia ter oportunidade de se manifestar. Os rostos podiam parecer violentos, fanáticos, zangados, mas eram amistosos. "Nós aqui conhecemos bem o senhor, General. Toda semana vemos o senhor passar de carro para comprar seu bilhete de loteria." Riram e os tambores também riram.

Mais tarde, alguém que estivera na reunião e que sabia que era mentira espalhou o boato de que o General estava embriagado com vodca (não era sua bebida predileta) e caíra da plataforma. A gente escolhe os próprios inimigos...

Naquela noite jantei com Chuchu e um dos seus refugiados — uma mulher argentina que fugira do regime de Videla para a segurança do Panamá. O jantar não foi muito bom (boas refeições não são comuns no Panamá), mas estávamos junto ao Pacífico, sob um céu estrelado, com uma garrafa de vinho chileno. "Deve ser dos anos que antecederam Pinochet, um ano de Allende", recomendou Chuchu ao garçom, e eu me senti feliz e em casa, mas minha felicidade foi um pouco atenuada pelo pensamento de quão breve ia ser minha estada lá. Mal sabia que iria voltar e voltar e voltar...

A manifestação a que assisti na Zona do Canal, na tarde seguinte, foi bem invulgar.

As longas negociações que estavam testando a paciência de Torrijos provavam estar longe de ser suficientemente lentas para satisfazer os habitantes da Zona. Para eles, qualquer negociação era, decididamente, traiçoeira.

O Panamá não é o Canal, e a Zona era um mundo inteiro fora do Panamá. No momento em que se entra na Zona pode-se sentir a diferença através das casas bem construídas e sem imaginação e dos gramados aparados. Parecem inumeráveis campos de golfe, e a gente sente que as florestas foram rechaçadas por um batalhão de cortadores de grama.

> *E o vento dirá: aqui havia um honesto povo ateu:*
> *Seu único monumento: a estrada asfaltada*
> *E um milhar de bolas de golfe perdidas.*

Não completamente ateu, entretanto. Na lista telefônica da Zona contei mais de cinquenta igrejas — algumas de seitas cristãs para mim totalmente desconhecidas. Talvez as seitas se multipliquem enquanto a fé diminui. Também li, na lista telefônica, uma informação muito tranquilizadora sobre como proceder no caso de um ataque nuclear inesperado:

O primeiro sinal de um ataque pode ser o clarão de uma explosão nuclear. Se estiver ao ar livre, procure proteção imediatamente em algum edifício, ou atrás de um muro, ou numa vala ou bueiro, ou mesmo sob um automóvel. Estando dentro de, ou sob alguma coisa (em poucos segundos), você pode evitar queimaduras sérias ou ferimentos provenientes do calor intenso ou do deslocamento de ar.

Se não houver proteção disponível, deite-se de lado, enrosque-se, cubra a cabeça com os braços e as mãos. Jamais olhe para o clarão ou bola de fogo.

Se estiver dentro de casa, vá para a parte mais resistente da construção (geralmente a área central do primeiro andar protegida por paredes internas) e mantenha-se abaixado.

Dirija-se a um abrigo autorizado, tão logo o jato de calor cesse, para se proteger contra a precipitação radiativa que virá em seguida.

A mesma curiosa falta de qualquer senso de realidade marcou a manifestação na Zona.

A manifestação realizou-se num amplo estádio, distante apenas uma centena de metros do local onde os tambores haviam soado em El Chorrillo. O oficial da polícia americana, sr. Drummond, era tido como astro principal. Ele tinha emitido pessoalmente uma nota em bases constitucionais dirigida ao presidente Ford e a Henry Kissinger para que mantivessem conversações sobre um novo tratado, sem ter a aprovação do Congresso. Então seu carro fora destruído por uma bomba, assim afirmava, em circunstâncias misteriosas. Isso me dera a impressão de que ele era um homem muito perigoso, cuja vida estava em risco, uma impressão não confirmada pela manifestação. As pernas do sr. Drummond, envoltas numa calça marrom justa, eram mais finas do que as de qualquer homem que eu já tenha visto. Quando se levantou para falar — muito insipidamente — a um auditório pequeno mas altamente respeitável, parecia que uma perna se apoiava na outra para sustentá-lo ou, talvez, para emitir sons como um gafanhoto.

Isolado pelas luzes, era apoiado, no meio do estádio, por um pequeno grupo de homens e mulheres que pareciam fazer parte de uma comissão eleita para preparar os festejos natalinos. Falavam revezando-se, devolvendo a El Chorillo os *seus* slogans, mas, sem a ajuda dos tocadores de tambor, as vozes pareciam se perder no ar da noite antes de chegarem à escassa audiência. Só uma velha senhora de cabelos azulados, como uma Tia Universal, punha alguma energia em suas frases: "Deus e o país...". "Oitava maravilha do mundo..." "Deixamos nosso país e nosso lar." "Ninguém deseja viver sob uma forma de governo repressiva..." "O Canal não pode ser administrado sem uma Zona americana e sem leis americanas." "A Zona deve ser incorporada à União como as Ilhas Virgens." O auditório se animava ocasionalmente, mas não com muita frequência, quando um orador atacava um membro de seu próprio governo. Prenomes eram usados como pejorativos, como se tivesse havido traição na família. "Gerry" era um traidor. "Henry" era um traidor. "Em 1975 fora feito um acordo secreto entre Henry e Torrijos." Não conseguiam encontrar um termo suficientemente ruim para classificar o Departamento de Estado, só porque não tinha um nome de batismo, talvez.

Os manifestantes pareciam muito perdidos e solitários no vasto estádio e na noite quente e úmida, e a gente sentia um pouco de pena deles. Deus e o país sem dúvida bem poderiam decepcioná-los como Gerry e Henry haviam feito. Uma mulher jovem pediu aos presentes que mandassem cartas e "alfinetadas" aos membros do Congresso. "Posso fornecer a vocês o número do telefone deles." Ela não foi tão comovente quanto o negro em El

Chorillo. Por toda parte havia caixas de contribuições para promover a demanda do sr. Drummond contra Henry e Gerry, e o auditório foi convidado a entrar na arena para assinar uma petição, mas poucos o fizeram.

Aquelas pessoas também olhavam para 1977 como um ano crítico, mas um confronto, para elas, significava a mera questão do embarque de reforços de Fort Bragg, na Carolina do Norte, para ajudar os dez mil homens que já estavam na Zona. Tinham sido encorajadas pela moderação de alguns distúrbios em outubro passado, que talvez tivessem sido provocados para provar a Henry e Gerry que o Panamá era ingovernável. Elas não sabiam que quinze dias antes o General recebera de um agente da CIA, que deu com a língua nos dentes, um aviso sobre o que estava planejado. Como resultado, quarenta estudantes foram alojados durante o dia na prisão, onde o General lhes fez preleções sobre a verdadeira natureza dos problemas políticos e econômicos, e em seguida foram liberados.

VI

No dia seguinte meu amigo Diederich voltou para sua casa no México, e Chuchu e eu começamos a planejar uma viagem juntos pelo interior do Panamá. Suspeitei de que alguns rumores sobre nosso projeto chegaria até o Señor V. Quando fui visitar o General na casa de Rory González (Torrijos queria saber minhas impressões a respeito da reunião em El Chorillo, e eu as expressei tão francamente como as escrevi neste livro — até mesmo as dúvidas sobre seu chefe do Estado-Maior), nossa conversa foi interrompida pelo Señor V ao telefone. Queria saber quais eram meus planos de viagem. Fui evasivo. Minhas intenções, disse, mudam a toda hora. Gostaria de deixar me levar pelo vento. Insistiu que eu deveria jantar com ele aquela noite: juntos poderíamos elaborar um programa. Um programa era essencial. Certamente eu usaria seu carro...

"Tenho o carro de Chuchu."

"Mas o carro dele explodiu."

Aquilo era verdade — Chuchu me contara que o carro explodira quando seu filho ligara a ignição. Felizmente, porém, só o carro ficara danificado.

"O General lhe emprestou um dos seus."

Ocorreu-me várias vezes, durante a nossa viagem, que o carro do General bem poderia se revelar um alvo mais atraente.

Contei ao General o que estava acontecendo: disse-lhe o quanto me desagradava fazer um programa com o Señor V. Torrijos estava de excelente humor (talvez porque no dia seguinte voaria para seu encontro no aeroporto de Bogotá). Concordou de imediato que qualquer programa seria detestável. Eu poderia ir com Chuchu para onde quisesse e esquecer tudo a respeito do Señor V.

"Se ele lhe propuser alguma coisa", disse, "faça o contrário."

Chuchu e eu almoçamos no Marisco. O proprietário, um basco, era amigo dele e mais um refugiado — naquela época um refugiado veterano de Franco. Eu sempre tinha sede no calor e na umidade, e suspirava por um ponche de rum, mas o basco nem sequer sabia o que era, e quando seu barman foi consultado, disse que não podia prepará-lo porque não tinha leite. Leite?

Mais tarde, andando pelas ruas do velho Panamá, Chuchu parou para falar com um negro que estava na calçada.

"Foi meu aluno", disse, "quando eu era professor marxista."

Talvez para mostrar quão bom professor havia sido, perguntou ao homem:

"Quem foi Aristóteles?"

"O primeiro filósofo venezuelano", respondeu o negro, sem hesitar.

Por algum tempo, depois daquilo, Chuchu dirigiu em silêncio e pensativo.

Naquela noite eu ia jantar com o Señor V num restaurante chamado Sarti's — elegante segundo os padrões do Panamá —, mas era uma situação incômoda e tremendamente dificultada pela ideia antialcoólica do barman a respeito do que poderia ser um ponche de rum. Admiti que Chuchu e eu pretendíamos viajar até David, a segunda maior cidade do lado do Pacífico.

"Vou me encontrar com vocês em David", disse o Señor V.

"Ou talvez podemos, em vez disso, ir para Taboga", acrescentei apressadamente. "Ainda não decidimos."

Taboga é uma ilhazinha no Pacífico onde automóveis não entram; parecia-me o lugar ideal para trabalhar.

"Vou me encontrar com vocês lá", disse ele.

Continuou insistindo para que eu o avisasse com antecedência sempre que tivesse um encontro marcado com o General. Queria estar presente, disse, para analisar como se desenvolvia o nosso relacionamento, e disse que pretendia entregar à imprensa fotografias tiradas de nós dois em Contadora. Mas aí fui inflexível:

"O senhor não pode fazer isso. O General disse que elas não podem ser divulgadas antes da minha partida."

"Se for até David", disse ele, "deve recomendar a Chuchu que me telefone em cada posto de guarda no caminho. Quero estar a par do local onde vocês se encontram."

VII

Assim, muito do que ocorreu no Panamá durante os quatro anos seguintes mostrou-se tão inesperado como o que acontece num sonho. A República era, para mim, uma terra desconhecida, e minha viagem foi uma viagem de descoberta, e a primeira descoberta foi a Casa Assombrada. Chuchu e eu atravessamos de carro a Ponte das Américas, de onde pudemos ver os navios enfileirados esperando sua vez de entrar no Canal e passar em direção ao Atlântico; tínhamos circulado pela Zona Americana e retornado ao Panamá. Não havia postos de fronteira para distinguir um do outro, mas a Casa Assombrada indiscutivelmente ficava no Panamá. Nada poderia ser menos americano do que o bar ao lado, decorado com sinais cabalísticos e ostentando um nome que em espanhol significava O Enfeitiçado. O barman nos contou que a casa vizinha não era habitada havia quase quarenta anos. O proprietário da casa e do bar era um velho que morava na Cidade do Panamá. Não queria vender a casa nem alugá-la. Sim, concordara o barman, os supersticiosos acreditavam que era assombrada.

"Por um fantasma?"

"Pelos gritos de uma mulher."

"Podemos olhar ao redor da casa?"

Nada havia para ser visto, nos assegurou o barman. A casa estava completamente vazia e, de qualquer modo, precisávamos obter permissão do proprietário.

Quando poderíamos vê-lo?

Se voltássemos ao bar num domingo certamente o encontraríamos. Ele sempre vinha num domingo.

"Diga-lhe", falou Chuchu com a autoridade das suas divisas de sargento, "que voltaremos no próximo domingo."

Saímos do bar e examinamos a casa atentamente: uma horrorosa construção quadrada sem qualquer característica especial a não ser seu segredo e sua segurança. Nas portas, que já eram pesadas, havia trancas de aço, e as janelas eram gradeadas e também trancadas. Apenas um buraco no formato de meia-coroa em uma das portas nos permitiu dar uma espiada no interior. A casa não estava completamente vazia: pude apenas divisar, na obscuridade, dois quadros e um guarda-louça. A casa me cheirava a um crime antigo. Gritos de mulher?

"Precisamos ver por dentro", disse a Chuchu.

"Na volta", respondeu.

Mas um ano iria se passar antes que eu conseguisse satisfazer meu desejo. Conhecer o General mostrou-se mais fácil do que conhecer o interior da Casa Assombrada.

Partimos na direção de Santiago com a intenção de parar durante algum tempo numa cidadezinha chamada Antón, onde Chuchu disse que havia uma imagem milagrosa de Cristo. Não que Chuchu acreditasse no Deus cristão — era um marxista ferrenho demais para isso, embora acreditasse no diabo. "Você não percebeu", disse-me, "que, quando tenta abrir uma porta de vaivém, você sempre começa por empurrá-la no lado errado? Isso é o diabo." Ele se orgulhava do seu sangue maia, e meio que acreditava nos deuses maias. Contou-me que uma vez, num museu, falara com um ídolo maia e sabia que fora entendido. Era apenas uma questão de captar o tom certo. Enquanto dirigia, fez uma imitação do som, que me sobressaltou. Era mais parecido com um guincho do que com uma prece. Ele tinha um pequeno ídolo maia em casa e estava ansioso por presenteá-lo a mim, disse, pois assim eu teria uma radiação maia em meu lar.

Gostava mais quando ele recitava Rilke em alemão, ou algum dos poetas espanhóis que admirava, e eu procurava retribuir com alguns versos de Hardy e com "O convite à viagem", de Baudelaire; apesar da minha pronúncia, ele preferia o francês ao inglês. O inglês, dizia, não era um idioma poético, e Shakespeare era muito inferior a Calderón. Contudo, aprovava o poema "O tambor de Drake", de Newbolt. "Atiraram a bala de canhão na baía de Nombre de Dios..." Prometeu me levar a Nombre de Dios. Era impossível ir por estrada — não havia estrada; teríamos de pedir um avião emprestado ao Exército; não — um avião não podia descer lá —, um helicóptero. O General certamente nos emprestaria um.

Foi mais tarde, nessa viagem, que descobri um poema que ele realmente apreciaria e um dos poucos que eu sabia de cor: "Um piloto irlandês prevê sua morte", de Yeats. Chuchu tinha um pequeno aeroplano de segunda mão que estava passando por reparos no momento, e havia versos no poema que me fez repetir mais de uma vez.

Sei que posso encontrar meu fado
Em algum lugar entre as nuvens acima.

Um solitário impulso de prazer
Provocou este tumulto nas nuvens.

Como marxista aprovou:

Meu país é Kiltartan Cross,
Meus compatriotas de Kiltartan, pobres.

Numa ocasião, num bar do Panamá, pediu-me que gravasse esses versos.

Passamos por vários postos da Guarda Nacional em nosso caminho para Antón, mas ele não telefonou uma só vez para o Señor V. "Se ele for a David nos encontrar, teremos de partir", disse. "Não passaremos a noite lá."

Em Antón não pudemos entrar na igreja para ver o Cristo milagroso. A igreja estava fechada e ninguém parecia saber onde estava o padre. "Não se preocupe", disse Chuchu. "Na volta." Era a segunda vez que ele usava essa expressão, e de repente ela se transformou, em minha cabeça, no título de um romance que, ai de mim, jamais iria escrever.

Enquanto ele dirigia, fiquei sabendo algumas coisas sobre a sua vida familiar. Tinha um número um tanto vago de filhos com várias mulheres e sustentava quase todos eles, embora um rapaz e uma garota estivessem nos Estados Unidos, com a mãe, sua ex--esposa, de quem se divorciara. Essa mulher o deixara por um professor americano, e ele sempre falava dela com tristeza. Nunca fiquei sabendo o que acontecera com a esposa anterior — a mãe do garoto no carro que explodiu. Agora tinha uma jovem morando com ele. Era só uma pobre coitada, disse, e a protegia por pena. Não podia pô-la na rua como desejava a "mulher rica". Mesmo assim, gostaria de se ver livre da "coitada"...

Era a primeira vez que o ouvia falar da mulher rica. Disse-me que tivera uma filhinha com ela. Era uma colega poeta. "Quando vou visitá-la, sempre dormimos juntos, mas ela diz que só vou lá por causa da comida em sua geladeira."

Paramos no acantonamento dos Porcos Selvagens, próximo à pequena casa do General à beira do Pacífico. Chuchu tinha lembranças nostálgicas de seu treinamento lá, e nós encontramos o primeiro amigo que tinha feito no tempo em que era um recruta de meia-idade. Devem ter sido dias difíceis — sendo professor no meio dos Porcos Selvagens. Uma vez fora até mesmo golpeado na cabeça por ler um livro. Mas esse homem se aproximara dele e dissera: "Venha e cague comigo" — o que era a maior demonstração de camaradagem que podia dar.

Aos olhos deles, Chuchu agora era um grande homem, até mesmo para os oficiais, porque sabiam que era o companheiro de confiança do General. Houvera um coronel, Sanjur, que iniciara uma rebelião em 1969 depois que o General exilara seu colega coronel e tomara o poder. Naquela época o General estava visitando o México, mas imediatamente tomou um avião de volta a David para consternação dos conspiradores, que achavam que ele ficaria satisfeito se seguisse, como o presidente Arias e o coronel

Martínez, discretamente para Miami. Saiu de David em direção à capital e a rebelião fracassou. Os oficiais subalternos foram perdoados, o coronel Sanjur foi preso, mas a CIA, através de suborno, arranjou sua fuga e o levou para a Zona do Canal.

Outro Porco Selvagem nos abordou no acampamento. Precisava muito de dinheiro, e havia muito tempo vinha sonhando acordado com o momento em que o General visitaria o campo e poderia lhe falar a respeito do seu problema. Tinha três filhos — bem, admitiu, não eram três, na verdade eram só dois, mas achava que três soava bem melhor, e ele necessitava mesmo de trezentos dólares. Trezentos dólares? Bem, é claro que duzentos o deixariam satisfeito, mas era sempre melhor pedir mais do que realmente se necessitava.

A verdadeira finalidade da visita de Chuchu ao acampamento era conseguir munição para um novo objeto que adquirira e do qual estava muito orgulhoso. Ele já tinha quase um arsenal em casa para confrontar os *Yanquis*, caso fossem fazer provocações nas ruas no ano seguinte, mas aquilo era algo especial: uma pistola russa de repetição que podia ser ajustada no ombro para disparar. Ele a conseguira através de um amigo na embaixada de Cuba, em troca de um revólver belga. Obviamente havia para ele algo de mágico na simples palavra *Rússia*. Vamos testá-la, prometeu, quando estivermos em David.

Quando chegamos a Santiago comemos muito mal no que parecia ser o único restaurante que havia — um restaurante chinês. Senti-me encorajado pela visão de uma garrafa de Gordon no bar e pedi um gim, mas, seja o que for que a garrafa contivesse, não era gim. Reclamei e o chinês riu e riu. Por garantia, escolhemos um prato bem europeu, *chop suey*, e eu pedi molho de pimenta para animá-lo. A garrafa com certeza estava com o rótulo correto, mas continha apenas água tingida, e quando nos queixamos o chinês riu e riu e riu. O restaurante era anexo a um hotel, mas achamos melhor procurar outro canto qualquer.

Achamos um motel e pedimos dois quartos.

"Mas onde estão as garotas", perguntou o proprietário, desconfiado e atônito.

Chuchu tirou o cinturão com o revólver e pôs a arma travada na mesinha de cabeceira. "Precaução?", perguntei. E mais tarde, de volta à França, tive motivos para lembrar o aforismo com que me respondeu: "Um revólver não é proteção". Realmente era um homem sábio. Até mesmo as portas do motel provaram — como tinha dito — que o diabo existia.

No trajeto para David, Chuchu estava muito animado, olhando para trás a todo o momento, como se seu olhar pudesse penetrar o porta-malas onde sua amada pistola russa repousava. Contou-me uma história estranha sobre uma de suas últimas visitas a David. O decano da Universidade da Guatemala, convidado de honra do Panamá, estava com ele — e também uma garrafa de uísque, que o decano esvaziara enquanto Chuchu dirigia. O decano estava meio bêbado quando chegaram e, por algum motivo, todos os hotéis estavam lotados. Foram então à polícia local pedir uma cela para pernoitar, mas as celas estavam abarrotadas. Restavam as pracinhas com seus bancos de pedra, mas os bancos estavam ocupados por catorze homossexuais. Felizmente Chuchu estava fardado. Deu ordens a um guarda para que convocasse os homossexuais e, depois de lhes fazer um longo discurso censurando-os, mandou-os para casa. Ele e o decano puderam, então, dormir sobre os bancos da praça deserta.

Em David fomos para o quartel da Guarda Nacional, e só assim Chuchu pôde deixar o carro do General em segurança durante a noite, porque ele se lembrava da bomba que danificara seu próprio carro. Encontramos, então, o capitão Wong. O capitão Wong tinha muito interesse por armas russas. Pegou sua arma americana e nos levou para o estande de tiro. Sua arma de repetição funcionou com perfeição. A russa cuspiu algumas balas e emperrou.

Outra tentativa. Nenhum problema com a arma americana, mas a russa emperrou de novo. Chuchu estava furioso, ofendido, humilhado. Era como se tivesse sido traído pela mulher que amava. E pensar que dera um bom revólver belga em troca de uma pistola russa, na embaixada de Cuba... Era como se o profeta Marx o tivesse traído.

Ouvi Chuchu dizer ao capitão Wong que o veríamos de novo "na volta" — o capitão Wong, o Cristo milagroso, a Casa Assombrada, tudo estava prometido para a volta, e também meu projetado romance cujo título emergia novamente das sombras. Em meu livro, a prometida volta não aconteceria — não haveria retorno para meu personagem principal.

Chuchu estava calado e abatido quando, no dia seguinte, rumamos para as montanhas, cruzando um vilarejo chamado Boquete, porque estava cismado com sua arma russa, mas para mim era como um retorno à vida depois de uma longa doença — a doença maligna do bloqueio de um escritor. Estava terminando *O fator humano*, romance abandonado que retomara exatamente para fugir desse tipo de bloqueio. Cinco anos haviam passado depois do último livro, e comecei a sentir novamente a ameaça de um longo bloqueio quando *O fator humano* também queria fugir e deixar minha mente vazia.

Mas com *Na volta* tudo parecia possível: meus dias de escritor, afinal, não haviam terminado, pensei. Os principais elementos e personagens da história já estavam reunidos — a perigosa situação entre o Panamá e os Estados Unidos; Chuchu em pessoa; a bomba no seu carro; a expressão que ele usara no motel: "Um revólver não é proteção"; sua prova da existência do diabo; o decano da Universidade da Guatemala e os catorze homossexuais; as impressões enxameavam como abelhas em torno da rainha naquela viagem que fazíamos juntos. Por isso eu me sentia feliz durante todo o trajeto para Boquete, uma cidadezinha encantadora a aproximadamente nove mil metros de altitude na encosta de um vulcão. As ruas estavam repletas do rumor de água cascateante, e o ar era tão fresco como o de uma aldeia suíça, até mesmo o pequeno hotel era gracioso, e assim também era a dona do hotel, que tinha a graça e a expressão de uma jovem Oona Chaplin.

VIII

NO DIA SEGUINTE VISITAMOS A GRANDE mina de cobre dirigida por Rory González, o amigo do General. Era uma nova aquisição do Estado e tida, então, como a grande esperança para o futuro do Panamá, que, em outras circunstâncias, dependia de bancos, acordos de conveniência, açúcar, café e iúca, além da pequena e insignificante renda que provinha, segundo os termos do velho Tratado, do uso do Canal, que já não tinha capacidade para receber enormes embarcações — petroleiros e porta-aviões. A concessão para explorar a mina fora comprada de uma empresa canadense. Não se esperava que ela começasse a produzir antes de quatro anos, e iria se revelar um empreendimento muito arriscado.

A mina, disseram-me, era a maior do mundo, maior até mesmo do que a grande mina de Chuquicamata, no Chile, que visitei quando Allende era presidente, mas o cobre valia mais pela quantidade do que pela qualidade. Um canadense que trabalhara na administração anterior estava naturalmente pessimista quanto às chances — não queria ser desmentido —; desejava o fracasso. Não acreditava que a mina pudesse estar em plena produção antes de 1986 ou 1988, e qual seria então o preço do cobre? Uma avaliação sobre os preços do cobre não era mais confiável do que um horóscopo de jornal. O Japão formara grandes reservas de cobre quando sua balança de pagamentos era favorável, e podia vender essas reservas a qualquer momento.

Entramos na mina até o fim da galeria, almoçamos na cantina, e um jovem inglês me fez uma advertência misteriosa: "Ser supersticioso traz má sorte". (Será que eu tinha jogado sal por cima do ombro?) Por alguma razão desconhecida anotei em meu diário a presença de um "americano cansado", mas ele não me deixou lembrança alguma. Agora estávamos novamente na estrada para Boquete.

A melancolia de Chuchu quase desaparecera. Ele cantava e recitava poemas, e citou uma frase cínica dos panamenhos que se pode usar para uma garota e que ficou gravada, não sei por que, em minha memória: "Venha ficar sozinha comigo". É estranho o que a gente lembra e o que a gente esquece. Havia pássaros desconhecidos e borboletas estranhas e, ao longo das margens da estrada, rostos indígenas de uma tribo que poderia ser ameaçada pela mina de cobre porque, se fosse um sucesso, mudaria todo o padrão de vida da tribo. Um cavaleiro passou carregando um galo na mão, do mesmo jeito que um garçom carrega uma bandeja.

Quando fui para a cama, escrevi no meu diário uma nota para o novo romance, mal pensando que jamais seria escrito: "Começar o romance com uma garota de um semanário francês de esquerda entrevistando o General. Ela está fugindo do desgosto de um casamento malsucedido em Paris e quer evitar novos desgostos. No final ela volta à sua dor e não à felicidade".

No dia seguinte voltamos a David para tomar um avião com destino à ilha Bocas del Toro, um desalentado porto de bananas (tão desalentado como eu estaria alguns anos depois). Começara a ficar atraído por ele porque fora o ponto ocidental mais distante que Colombo atingira na costa do Panamá, e talvez porque o *South American Handbook* declarava com sua franqueza habitual: "Jamais algum turista vai até lá".

Enquanto viajávamos falei com Chuchu a respeito do romance que estava planejando, e talvez seja este o motivo pelo qual nunca passou do primeiro capítulo. Contar uma história é quase o mesmo que escrevê-la — é um substituto da escrita.

"Você e a jornalista francesa são os personagens principais", disse-lhe. "O General o encarrega de mostrar a ela o país. Empresta-lhe um de seus carros e vocês partem juntos, bem como fizemos. Sempre há coisas que vocês não podem ver — como o Cristo milagroso e a Casa Assombrada. 'Na volta', você repete, e este será o título do livro. Mas o irônico é que nenhum dos dois tomará a estrada de volta."

"Vamos fazer amor?", perguntou Chuchu com certa avidez.

"Oh, a ideia germina em sua cabeça, mas ela não é igual a outras mulheres que você conheceu. Você tem receios e escrúpulos. De qualquer modo, agora vocês chegam a David ou a outra cidade igualmente distante, ambos sabem o que está para acontecer. Param diante de um hotel e, por consentimento mútuo, sem que uma palavra tenha sido trocada entre vocês, você toma um quarto. Ela quer se lavar da poeira da estrada e escovar o cabelo. Você lhe diz que, por segurança, deve deixar o carro do General com a Guarda Nacional, e que depois voltará... e fará amor, é claro, mas ambos sabem disso mesmo sem falar. Ela se lava e ajeita os cabelos. Está feliz em pensar que todas as hesitações sumiram. A decisão está tomada. Mas você não volta. Ela espera em vão. Durante os poucos momentos em que esteve com ela no quarto, alguém pôs uma bomba no carro que ia sair. Ela ouve a explosão enquanto escova o cabelo, mas pensa que é apenas a descarga do carro..."

"Eu morri?", perguntou Chuchu muito excitado, e eu me lembrei do que ele dissera mais cedo naquele dia: "Nunca vou morrer".

"Sim. Você se importa de ser morto num romance?"

"Importar-me?", ergueu os braços. Sua pele estava arrepiada. "Você precisa escrever. Prometa que vai escrevê-lo."

"Tentarei."

Mas o livro nunca foi escrito, e foi o General quem morreu, não Chuchu.

Perdemos nosso avião para Bocas del Toro, em David, mas Chuchu não mostrou sinal de desapontamento. "Quando você voltar", disse. Era uma variante de "na volta", e uma variante na qual eu não acreditava porque não via razão alguma pela qual eu devesse um dia voltar ao Panamá.

Visitamos novamente o capitão Wong e fomos com ele até os arredores da cidade, onde um carro fora abandonado por ladrões para enferrujar. O capitão Wong resolvera praticar um pouco mais de tiro, desta vez com revólveres. (A pistola russa estava abandonada no porta-malas.) O alvo escolhido era a placa de um carro que continha as letras O e I.

"Vamos fazer pontaria no centro do O", decidiu o capitão Wong.

Infelizmente, depois de fazer três disparos cada um, nem sequer haviam tocado na placa. Talvez meus olhos mostrassem um traço de divertimento porque Chuchu me ofereceu seu revólver e disse:

"Está bem. Tente você."

"Não sou bom. Não vou nem conseguir acertar o carro. Por que gastar boa munição?"

"Não, não. Tente."

Atirei. Não acertei no centro do O, mas, por um estranho acaso, acertei o I. Voltamos para o carro em silêncio.

Chuchu e eu deixamos David e começamos nossa viagem em direção à Cidade do Panamá. Em Antón conseguimos, finalmente, ver a imagem milagrosa. O Cristo de madeira estava coberto de ornamentos de ouro que aparentemente tinham atraído alguns ladrões, mas quando estavam levando a estátua para fora da igreja o peso dos ornamentos aumentara milagrosamente e assim foram obrigados a abandoná-la.

Talvez porque estivesse viajando com uma mulher imaginária, assim como com Chuchu, e precisava vê-los juntos, senti-me pouco disposto a voltar à Cidade do Panamá. Era domingo. Lembrei-lhe de que tínhamos um encontro na Casa Assombrada. Misteriosamente, porém, o bar estava fechado, acontecimento incompreensível para os vizinhos, porque todos os bares ficam abertos em toda parte aos domingos. Mais do que nunca fiquei decidido a voltar um dia e olhar lá dentro. O velho estaria com medo de um estranho fardado e curioso?

Desapontados, tomamos a direção de Ocú, cidadezinha famosa, segundo Chuchu, por suas sandálias de couro. Em Ocú, Chuchu comprou couro suficiente para dois pares, e nós perguntamos a um camponês a quem tínhamos dado carona onde poderíamos mandar fazer as sandálias. Assegurou-nos de que era tão bom quanto qualquer fabricante de sandálias da região e nos guiou até sua choupana.

Chuchu já me falara a respeito dos hábitos insólitos quanto à bebida no Panamá, hábitos comumente seguidos até mesmo pelo General. "Somos bêbados", dissera Chuchu. "Aos domingos bebemos para ficar embriagados, mas não bebemos durante a semana. Vocês na Europa são alcoólatras. Bebem o tempo todo." Fiquei satisfeito porque durante os dias que passamos juntos ele preferiu seguir o costume europeu.

Positivamente, porém, nosso camponês mostrava estar sóbrio. Trouxe duas cadeiras para o quintal de sua choupana e começou a trabalhar, observado por onze crianças e uma jovem grávida. Inicialmente sovou o couro, depois modelou-o em torno do pé e o cortou. De repente ouvimos gritarem "Uahu", e em seguida algo que parecia ser cães latindo. Dois vizinhos entraram em cena. Usavam chapeuzinhos engraçados, com abas pequenas e redondas, que pareciam balançar sobre suas orelhas protuberantes. Tinham estado comemorando o domingo desde a missa matinal. A princípio simplesmente continuaram a latir (mais tarde o General me corrigiu: era uma canção tradicional dos camponeses). Então um deles juntou-se a mim, sentando-se no chão ao meu lado e segurando minha mão. Disse que só se interessava por *religión* e queria falar sobre isso. Eu era um *gringo*? Não, eu não era um *gringo*. Era inglês. Eu era *católico*? Sim, era *católico*. Então devemos falar sobre *religión*.

Perguntei ao meu amigo como era seu pároco.

"Muito materialista", respondeu.

Procurei desviar a conversa da religião para a política e o Canal, mas ninguém estava interessado em qualquer dos dois.

"E o General?", perguntei. "Você gosta do General?"

"Metade bom e metade mau."

"Qual é a metade má?"

"Ele não gosta dos *gringos*."

"Por que você gosta dos *gringos*?"

Quatrocentos homens do Corpo de Paz, que Kennedy mandara para o Panamá, tinham sido expulsos pelo General, mas ao menos naquela área pobre perto de Las Minas um deles fizera conversões.

"Era um homem bom. Contava-nos coisas e sempre bebia conosco aos domingos."

Parecia-me estar em outro país, muito longe dos habitantes dos cortiços de El Chorillo e de seus gritos beligerantes, ou das canções dos Porcos Selvagens.

Devem ter se passado duas horas até que nossas sandálias ficassem prontas. Não eram sandálias muito boas, e eu abandonei as minhas no dia seguinte, deixando-as para trás num péssimo hotel, na insípida cidade de Chitré, onde havia baratas enormes. Chuchu estava desapontado comigo, as sandálias eram um autêntico artesanato do Panamá (bem poderia estar falando dos sapatos feitos por Lobb, de St. James), mas percebi que também não usava as suas havia muito tempo.

IX

EM NOSSO CAMINHO PARA A CIDADE DO PANAMÁ paramos em Rio Hato, onde os Porcos Selvagens tinham seu acantonamento, e o General estava em sua modesta casa junto ao Pacífico. Naquele dia o general Torrijos tinha em sua companhia o secretário do Exterior, Aquilino Boyd, e os membros da sua equipe militar, que tinham se reunido lá porque a delegação americana e o sr. Bunker deveriam chegar no dia seguinte. Senti-me um pouco constrangido por causa do que lhe dissera sobre o coronel Flores, quando o General insistiu em apresentar-me aos seus auxiliares, começando pelo coronel que estava mascando chiclete como da vez em El Chorillo. Na mão que me ofereceu com relutância, julguei detectar sua antipatia e desdém. Por que razão, podia senti-lo perguntar, esperariam que ele, o chefe do Estado-Maior, cumprimentasse um civil e estrangeiro como igual? Mas no aperto de mão do oficial do Serviço de Informações julguei perceber uma afinidade e uma espécie de conivência — um contraste interessante.

Chuchu e eu tomamos banho na água limpa, clara e calma do Pacífico enquanto a equipe estava em reunião, e depois almoçamos muito mal no rancho dos Porcos Selvagens, demorando-nos por lá à espera de que o General se livrasse dos seus hóspedes militares. Aparentemente ele queria falar comigo. A visita dos americanos parecia pesar muito em sua cabeça, talvez pensasse na discussão interminável sobre um tratado honesto que parecia jamais chegar a uma conclusão, e um confronto aberto não era permitido se seguisse o conselho de Castro. Fez uma estranha comparação que não entendo até hoje. "Você e eu temos alguma coisa em comum. Ambos somos autodestrutivos." E acrescentou rapidamente: "Claro que não me refiro a suicídio". Foi como se naquele momento ele tivesse aberto para mim uma brecha na porta de um quarto secreto, uma porta que jamais voltaria a se fechar completamente.

Continuou a falar do confronto com os Estados Unidos que tinha em mente, e eu me lembrei de que em Contadora ele dissera que 1977 seria o ano em que sua paciência se esgotaria. Confronto significava guerra — uma guerra entre uma minúscula república com menos de dois milhões de habitantes e os Estados Unidos, com mais de duzentos milhões.

Torrijos, tinha começado a notar, era um romântico, mas logo eu iria perceber em muitos panamenhos que o romantismo era contrabalançado por um traço de sabedoria cínica que se pode detectar em suas canções populares, por exemplo: "Seu amor é um jornal de ontem"; pode-se inferir cinismo até mesmo em alguns slogans nos ônibus admiravelmente pintados: "Não vá e não se vista porque você não vai sair comigo". O General podia se sentir autodestrutivo, mas avaliava suas chances realisticamente.

"Podemos dominar a Cidade do Panamá por quarenta e oito horas", disse-me. "Quanto ao Canal, é fácil sabotá-lo. Abra um buraco na represa de Gatún e o Canal se escoará no Atlântico. Consertar a represa levaria apenas alguns dias, mas para encher o Canal seriam necessários três anos de chuva. Durante esse tempo haveria guerra de guerrilhas; as *cordilleras* centrais elevam-se a três mil metros e se estendem até a fronteira da Costa Rica num dos lados da Zona e da cerrada floresta de Darién, quase tão inexplorada como na época de Balboa; no outro lado atingem a fronteira colombiana, cortada somente por trilhas de contrabandistas. Aqui poderíamos resistir por dois anos — tempo suficiente para despertar a consciência do mundo e a opinião pública nos Estados Unidos. E não se esqueça: pela primeira vez desde a guerra civil, civis americanos estariam na linha de fogo. Há quarenta mil deles na Zona, sem contar os dez mil das tropas."

Havia áreas na floresta dentro da Zona onde os americanos estavam treinando suas próprias tropas particulares, como também tropas de outros países latino-americanos, em campanhas de guerrilhas, mas ele, por experiência pessoal, considerava esse treinamento com certo desdém. Recentemente, quando estavam fazendo manobras na selva dentro da Zona, os americanos tinham ficado surpresos ao encontrar uma patrulha dos Porcos Selvagens que penetrara lá despercebida, porque, como seu oficial explicara cortesmente, alguma coisa tinha enguiçado na sua bússola. O General acrescentou: "Sei que o Pentágono informou Carter de que seriam necessários cem mil homens, não dez mil, para defender o Canal adequadamente".

Nossa conversa foi interrompida pelo barulho do jatinho do General chegando da Venezuela. Mandara-o em missão aquela manhã com uma carta para o presidente, e agora estava voltando com a resposta dele. (Em suas negociações com os Estados Unidos o General só podia contar, na América do Sul, com o apoio da Venezuela, da Colômbia e do Peru.) As comunicações eram muito semelhantes ao que tinham sido no século XVII — por um mensageiro; o avião a jato substituíra o cavalo. Como a Zona Americana estava cheia de aparelhagens eletrônicas, qualquer chamada telefônica poderia ser gravada e um código telegráfico poderia ser decifrado em questão de horas.

O general Torrijos leu a carta do presidente da Venezuela e daí por diante a conversa tomou um rumo completamente diferente. Tive a impressão de que o que aconteceu então foi o real motivo pelo qual quis que eu ficasse, não eu em particular, mas qualquer ouvinte que pudesse entender sua emoção.

"Ontem aconteceu uma coisa muito importante", disse.

Será, pensei, que ele vai revelar alguma mensagem secreta do velho sr. Bunker — ou daqueles personagens internacionais a quem os partidários do sr. Drummond se referiam como Gerry e Henry?

"Ontem fiz vinte e cinco anos de casado", continuou, "mas quando casei — era apenas um jovem tenente —, meu sogro, um negociante judeu que mora em Nova York, jurou que nunca mais falaria com a filha. Estes anos foram muito difíceis para minha mulher, porque ela amava o pai fervorosamente. Há alguns anos pedi ao general Dayan que intercedesse por mim em Nova York. Meu sogro nem sequer quis ouvir Dayan. O Panamá votou a favor de Israel nas Nações Unidas no caso Entebbe. Fomos o único país da América Latina a fazê-lo, e depois disso os israelenses ficaram agradecidos e me ofereceram todo tipo de ajuda, mas eu lhes disse que havia pedido a Dayan a única coisa de que precisava, e ele não pudera me ajudar. Então ontem, de repente, meu sogro telefonou de Nova York e pediu para falar com minha mulher. Hoje ela viajou para visitá-lo — depois de vinte e cinco anos. Eu disse ao velho, por telefone, que ele tinha uma filha maravilhosa e que eu devia tudo a ela."

O que me contou foi muito comovente porque Torrijos devia saber, agora, que eu desconfiava que ele não era o tipo de homem sexualmente fiel a uma mulher. Mas era um homem que tinha uma profunda lealdade ao passado, e era fiel, acima de tudo, à amizade.

X

CHUCHU E EU PLANEJÁRAMOS VOAR para a ilha de Taboga a fim de descansar de nossas viagens, mas isso não aconteceria. O General queria que eu voltasse no dia seguinte para Rio Hato, a fim de acompanhá-lo numa reunião com agricultores e representantes rurais. Seria, para mim, um exemplo de como funcionava sua democracia.

Embarcamos num pequeno avião militar e voamos para o mar, fazendo uma extensa volta ao redor da costa. "Pode estar certo de que hoje temos um piloto jovem", disse o General, "porque está voando sobre o mar. Os pilotos mais velhos se atêm à terra:

é mais seguro num avião pequeno, por causa dos tubarões lá embaixo. Às vezes, quando sei que meu piloto se recusará a me levar devido às condições meteorológicas, exijo um piloto jovem que não faça essa tolice."

Era óbvio que ele estava se divertindo com o leve risco de uma descida num mar infestado de tubarões. Teria requisitado um piloto jovem no dia de sua morte? — indaguei-me cinco anos mais tarde.

Perguntei-lhe no avião, não sei por que motivo, em que momento do dia ficava mais exposto a se sentir desanimado (parecia gostar desse tipo de perguntas pessoais, como se sentisse nelas a abordagem de uma amizade mais íntima). Respondeu imediatamente: "À noite, quando vou para a cama. Mas quando o sol nasce me sinto bem-disposto".

Se a cada encontro eu conhecia um pouco mais o General, era por sua própria vontade. Era como se tivesse começado a ficar aborrecido e obcecado por sua imagem pública e quisesse ser, acima de tudo, uma pessoa privada que pudesse falar com um amigo, dizer isso e aquilo sem premeditação.

Havia um grupo de plantadores de iúca com os quais estávamos agora indo nos encontrar para ouvir suas reivindicações. Depois de aterrissarmos, já no caminho para o povoado, disse-me que havia decidido concordar com o pedido deles a respeito de um aumento de um dólar e vinte e cinco centavos para um dólar e setenta e cinco a caixa. "Este centro de iúca foi um erro. Erro nosso, não deles. De qualquer modo, quero redistribuir a renda: mais para o campo e menos para a cidade." Ainda assim, acrescentou, queria manter os camponeses na expectativa por algum tempo — para seu divertimento e para o deles.

A reunião foi ao ar livre, e diante de mim vi agrupados os mesmos rostos, com os mesmos chapéus engraçados, com as mesmas protuberantes orelhas caninas, iguais aos dos amigos do fabricante de sandálias. Na verdade, estava convencido de que um deles era um camponês com quem me encontrara aquele dia em Ocú, porque me olhava com frequência e piscava para mim. Muitos deles tinham dentes de ouro e quase a mesma quantidade de anéis de ouro — Colombo provavelmente teria visto naquilo um sinal de que o Eldorado não estava muito longe. Todos procuravam falar ao mesmo tempo e mostrar-se arrebatados e determinados, e o General, pude ver, estava se divertindo muito.

"Vamos examinar primeiro os pontos mais fáceis", começou, "e vamos deixar a difícil questão da iúca por último."

Era uma forma engenhosa de passar pelos assuntos rapidamente porque os camponeses estavam interessados só na iúca, e assim ninguém discutiu as suas outras decisões. Haveria uma nova ponte sobre o Canal, prometeu, para facilitar o tráfego através da Zona sobre a Ponte das Américas; a localização de uma usina beneficiadora de cal foi deixada para ser examinada mais tarde; o plano para uma empresa mista (sessenta por cento privada) para criação de gado também foi deixado para outra ocasião. Seu auditório estava satisfeito por deixar tudo, exceto a iúca, para outra ocasião, inclusive uma questão de refino de sal e do uso de sal na construção de estradas.

Finalmente, com uma agitação de interesse excitado, o preço da iúca entrou em pauta. O governo, disse o General, tem sido ambicioso demais no fomento à iúca. Muitos erros têm sido cometidos. Ainda assim não estava certo de que poderia aumentar o preço. Quem forneceria o dinheiro? Deveria sair do bolso de alguém.

O engenheiro do governo tentou falar. O General o interrompeu dizendo que estava lá para ouvir os agricultores.

Falou novamente sobre as dificuldades para elevar o preço — as exportações não deveriam ser prejudicadas. Talvez um aumento de vinte centavos...? E começou a discutir os centavos. Mesmo assim havia divertimento em seus olhos. Ele os estava provocando.

Logo os camponeses começaram a perceber aonde queria chegar, e agora argumentavam com meios sorrisos e discutiam com lampejos de humor, até que, de repente, o General cedeu. Então houve risos e palmas. Tinham conseguido o preço que haviam pedido. Isso era importante, mas acima de tudo tinham se divertido um bocado. A reunião acabou alegremente.

O que se seguiu não foi tão divertido — um almoço enfadonho na casa de um proprietário rural, com um bando de mulheres maçantes agrupadas em torno do General, que descansava em sua inevitável rede, e nos serviram pedaços de porco quase intragáveis e uma iúca completamente intragável (que agora sei que era o que chamavam de maniçoba), tendo como única escolha Pepsi ou água para beber. Ah, quem me dera um uísque ou um copo de rum, mas hoje não era domingo. Até o General bebeu água. Estava sem saber o que fazer até que Chuchu, que estava de guarda na porta, me chamou e piscou. Saí. Ele encontrara um drinque para mim numa sala fora do recinto da festa.

Depois que o avião deixou o General em Rio Hato, Chuchu e eu voltamos para a Cidade do Panamá de carro. Paramos na Casa Assombrada e tomamos um drinque no bar ao lado porque, na minha companhia, Chuchu parecia ter desenvolvido o hábito europeu de beber todos os dias da semana.

Eu contara ao General sobre nossa primeira visita, e ele se lembrava de ter ouvido falar no fantasma quando ainda era criança. O proprietário devia estar perto dos oitenta agora; então, quando a assombração começara, era um homem por volta dos trinta. Fiquei convencido de que matara a mulher na casa, seus gritos tinham sido ouvidos, e assim tinha sido inventada a história da assombração. Provavelmente fora enterrada sob o assoalho. Sugeri ao General que ele tinha nas mãos uma tarefa para os Porcos Selvagens. Entrariam na casa após um cerco simulado e, por acaso, fariam algumas escavações. Mas o General não aprovou a ideia. Qualquer busca, disse ele, teria de ser legal.

Chuchu e eu demos outra olhada ao redor. Perguntamos ao barman se tinha visto o proprietário. Oh, sim, mencionara nossa visita. Mas nada podia ser feito sem falar com ele. Ele sempre estava lá num domingo. Bem, voltaríamos no próximo domingo, dissemos.

Na Cidade do Panamá, Chuchu sugeriu convidar "a mulher rica" para jantar (era assim que ele sempre se referia a ela para distingui-la de todas as outras, mas não creio que fosse muito abastada). De qualquer forma, havia planejado passar a noite com ela — num hotel, por causa da criança. Ela tinha de acordar às seis para ir para casa. E a garota com quem ele estava vivendo no momento? — perguntei.

Oh, ela estava bem. Não fazia exigências. As mulheres, Chuchu admitiu, pareciam gostar dele. "Você é um bom amante?" Oh, não era exatamente isso, disse. Ele não se interessava por posições sexuais e aquele tipo de tolices, e achava que nem as mulheres estavam realmente interessadas nesses detalhes sem importância. Acreditava que o que elas gostavam nele era a ternura que sempre lhes demonstrava depois de fazer amor. Esta "esposa" particular, como a chamava, era bonita.

Bebemos três ponches de rum no excelente bar Señorial. Foram preparados por uma mulher jovem e atraente chamada Flor. Era, óbvio, apaixonada por Chuchu, mas ele estava estranhamente relutante em cortejá-la. ("É uma boa mulher. O caso pode tornar-se sério demais.") Mais tarde saímos para nos encontrar com a poeta. Chuchu já estava um pouco bêbado.

Ficou consideravelmente mais bêbado durante o jantar, pedindo-me com frequência que admirasse a beleza de sua amiga. Decerto era uma mulher bonita e inteligente, no final dos quarenta ou início dos cinquenta, mas era difícil levar adiante uma conversa, com Chuchu dizendo a todo o momento: "Olhe para ela, Graham, olhe para ela, não é adorável?". Ela mostrava, pensei, muita paciência. Ele levou-me um tanto extravagantemente de volta para o hotel. Pareceu-me que suas chances de uma noite satisfatória com ela eram pequenas.

Como estava enganado! Apareceu no dia seguinte muito feliz e ainda um pouco bêbado. (Bebera meia garrafa de vinho no café da manhã, antes que ela o deixasse, às seis.) Fora uma "noite maravilhosa", disse. Falei-lhe que estava surpreso, depois da forma como a tratara durante o jantar.

"Que quer dizer com isso?"

"Você não parou de me pedir que olhasse para ela e visse como era bonita. Era a única coisa que você dizia."

"Você não compreende, Graham", retrucou. "Ela chegou a uma idade em que precisa que sua confiança seja renovada."

De fato ele era algo mais do que um professor de filosofia marxista e matemática e um sargento da guarda de segurança — era um homem bom e gentil, com uma sabedoria humana muito maior do que a minha. Acho que minha profunda afeição por ele começou nesse dia em que ele estava bêbado demais para dirigir com segurança. Transgrediu os sinais e entrou em alta velocidade num estacionamento. Depois fomos parar numa livraria administrada por um herói de guerra grego.

"Temos de convidá-lo para sua festa na sexta-feira", disse.

"*Minha* festa?"

Parecia que o General e Chuchu tinham decidido entre eles que eu seria o anfitrião numa festa. As bebidas seriam supridas pela Guarda Nacional e a festa se realizaria na casa de Rogelio Sinan, um antigo escritor panamenho. O General não poderia comparecer porque estava ocupado com a Geladeira, o velho sr. Bunker, e sua delegação americana. "Convidaremos os cubanos", disse Chuchu (quase os tinha perdoado pela pistola russa defeituosa), "mas não convidaremos o Señor V." Havia um americano, advertiu-me, que se apresentaria quer fosse ou não convidado —

um escritor chamado Koster, que morava na Cidade do Panamá e que era suspeito de ser um agente da CIA. Fizera perguntas sobre mim a Chuchu. "Que é que o bode velho está fazendo aqui?", perguntara. Fiquei na expectativa de encontrá-lo.

XI

No dia seguinte o General nos emprestou um helicóptero do Exército que, após o almoço, nos deixou na praia de Taboga, diante do hotelzinho local. Iriam nos buscar dois dias depois para a festa na Cidade do Panamá. A ilha era bem pequena, mas incluía um povoado e uma floresta. Em algum lugar enterrado na floresta — mas não conseguimos encontrar a trilha — ficava um cemitério inglês; seus habitantes agora podiam ser considerados enterrados duas vezes. Anos atrás, no tempo em que o Panamá se juntara à Colômbia para se tornar uma nação, existira na ilha um estabelecimento comercial britânico, talvez em conexão com o projeto do Canal de De Lesseps. Gauguin havia visitado a ilha duas vezes, mas ficou desapontado em sua segunda visita porque achou que a paz fora perturbada por uma filial da companhia do Canal. Agora a paz tinha voltado.

Chuchu e eu nos banhamos com cautela na arrebentação porque havia tubarões, embora nos tivessem garantido que, por alguma razão misteriosa, confinavam-se por sua conta ao redor da ilha próxima, visível muito claramente a apenas um quilômetro e meio de distância. Comemos sanduíches e tomamos cerveja e passeamos pelo povoado. Ao entardecer a única barca diária chegou trazendo os ilhéus que trabalhavam na ilha principal. A paz do lugar sem carros era tão profunda que parecia uma melodia passando pela cabeça. No corredor fora do meu quarto havia um aviso educado, com tradução para o inglês: "Se você espera visitas do sexo oposto, por gentileza, receba-as nas áreas públicas". Parecia um pedido estranhamente puritano para o Panamá. Chuchu e eu disputamos um torneio de fliperama, mas não me lembro quem ganhou. Fui então para a cama e sonhei — em contradição com toda essa paz — que recebera um inquietante telegrama de casa.

No dia seguinte acordei de meu sonho para a mesma sintonia de paz, paz, paz, e fizemos exatamente as mesmas coisas. Tomamos banho, fizemos desjejum, caminhamos pelo povoado e nos banhamos outra vez. Era como se estivéssemos vivendo por muitos meses tranquilos na ilha. Mas uma nota desafinada soou. Chuchu foi chamado para fora do mar por um telefonema do Señor V. Não viria, graças a Deus, juntar-se a nós como eu temia, mas se encarregara de todos os preparativos da festa para a qual não pretendíamos sequer convidá-lo. Naquele entardecer, lembro-me, a luminosidade estava particularmente bela — pudemos esquecer o Señor V. As brancas torres indistintas da Cidade do Panamá tremeluzindo dezesseis quilômetros adiante, do outro lado do mar, pareciam uma gravura do paraíso feita por John Martin.

Na cama reli *Coração das trevas* como fizera antes, em 1958, no Congo. Meu romance, assim acreditava, estava tomando forma na minha cabeça, a esperança tinha renascido, e eu pensei que encontrara em Conrad uma epígrafe para *Na volta*. Mas agora, quando reabri a história de Conrad na página que marcara, as frases pareceram mais adequadas para o livro que estou escrevendo neste momento:

> Parece que estou tentando contar-lhe um sonho — fazendo uma tentativa inútil porque a narrativa de um sonho não pode transmitir a sensação do sonho, aquela mistura de absurdo, surpresa e perplexidade e um tremor de revolta que se debate, aquela noção de estar sendo capturado pelo inacreditável...

Na paz de Taboga senti-me cativado pelo Panamá, pela luta com os Estados Unidos, pelos camponeses latindo como cães, pela estranha sabedoria de Chuchu e sua complicada vida sexual, pelos tocadores de tambor nos cortiços de El Chorillo, pelos sonhos de morte do General, e quanto à revolta, iria senti-la também em algumas ocasiões, nos anos que se seguiram — o desejo de estar de volta à Europa, com problemas pessoais e incompreensíveis lá.

Na manhã seguinte comecei a tentar escrever em meu diário as primeiras frases do romance, descrevendo como uma jovem jornalista francesa fora contratada por um elegante editor de esquerda para ir ao Panamá entrevistar o General. Na verdade, acabaram não sendo as primeiras frases do capítulo que finalmente ia começar a escrever e em seguida abandonar:

> Ele era alto e magro e poderia ter um ar de distinção quase irresistível se o cabelo grisalho não fosse tão bem ondulado sobre as orelhas, cujo tamanho também estava dentro do padrão masculino. Ela talvez pudesse tê-lo tomado por um diplomata se não soubesse que era editor de um semanário famoso que raramente lia por não simpatizar com sua moderna inclinação pela política de esquerda. Muitos homens permanecem vivos apenas nos olhos: os olhos dele estavam mortos e era apenas através dos gestos de sua elegante carcaça que vivia.

Admito que tinha em mente certo editor que encontrara uma vez num bar em Lisboa, e pela primeira vez, como romancista, estava tentando, erroneamente, usar personagens reais — o General, Chuchu, até mesmo esse editor — em minha ficção. Tinham emergido da vida e não do inconsciente, e por essa razão permaneciam imóveis como estátuas em minha mente — não podiam se desenvolver, eram incapazes de uma palavra ou ação inesperadas —, eram pessoas reais e não podiam ter vida independente de mim na imaginação.

XII

O HELICÓPTERO DESCEU NA PRAIA COM PONTUALIDADE militar para nos apanhar, e de volta à Cidade do Panamá fiz uma longa sesta a fim de me preparar para aquela curiosa festa de que seria o anfitrião, anfitrião de uma porção de estranhos escolhidos por Chuchu e pelo Señor V. O livreiro grego era o único que eu conhecia e, mesmo assim, de vista.

O horário da festa estava marcado das oito às dez da noite no convite. Chuchu e eu chegamos pontualmente, e o mesmo fizeram muitos convidados, mas não os drinques. O tempo passava muito lentamente sem eles. A festa estagnou. Alguns fotógrafos tiraram fotografias de grupos desconsolados. Chuchu parecia cansado. Contou-me que passara a tarde com uma prostituta. A festa ampliava-se cada vez mais, porém ainda assim nada de bebidas, e a hipocrisia desse tipo de festa tinha um sentido amargo para mim. Ninguém vai a uma festa para encontrar alguém: todo mundo está lá por causa da bebida grátis. Não havia bebida e, supostamente, o anfitrião era eu.

Fui tomado de forte antipatia pelo adido para Assuntos Políticos cubano, que parecia me olhar com profunda suspeita depois que lhe disse que estivera em Cuba três vezes desde a revolução e que tinha conhecido o país na época de Batista. Felizmente uma bela jovem cubana, funcionária do serviço de imprensa, me livrou dele. Chuchu saiu furtivamente (à procura de bebidas, explicou-me) e, depois do que me pareceu um tempo enorme, voltou triunfante com um caminhão carregado delas. Aparentemente dera o endereço errado à Guarda Nacional.

A festa logo se animou. O líder comunista do Panamá mostrou-se muito afável. Contou-me como seu partido apoiava a política de "prudência" do General. Um jovem arquiteto negro concordou comigo quanto à estupidez de altos edifícios de apartamentos no miserável quarteirão de El Chorillo — até as casas das favelas de Hollywood eram preferíveis, disse. Fiquei confuso com sua menção a Hollywood, que associava mais com estrelas de cinema do que com cortiços. "As pessoas de Hollywood são apegadas às suas casas", comentou. "As condições são terríveis, mas ainda assim são lares." Compreendi tardiamente que Hollywood devia ser o nome dado a uma parte muito pobre da cidade.

Chuchu cutucou-me. "Aí está Koster."

O romancista — ou agente da CIA — estava circulando diligentemente, quase sempre puxando conversa, exceto quando fazia uma paradinha meio de lado para reabastecer o copo. A Guarda Nacional nos servira bem, e eu estava me sentindo um pouco alto agora. Koster aproximou-se e estendeu a mão.

"Koster", ele disse.

"O bode velho", apresentei-me.

"O que quer dizer com isso?"

"Chuchu me contou que você queria saber o que é que o bode velho estava fazendo aqui."

"Eu nunca disse uma coisa dessas."

Afastou-se rapidamente para se esconder entre os outros convidados e, segundo Chuchu, espalhou a história meio estranha de que eu era um notório homossexual. Os bodes são homossexuais?

As dez horas tinham passado havia muito. As bebidas eram inesgotáveis, e à meia-noite ainda estavam chegando convidados. Consciente de ser um anfitrião indelicado, escapuli com Chuchu e sua acompanhante, a mulher um tanto ansiosa de quem Chuchu gostava, a refugiada argentina que fugira da ditadura de Videla. Havia muitos refugiados semelhantes na Cidade do Panamá, e existia um apartamento para uso deles, conhecido localmente como o Pombal, porque quando conseguiam trabalho ou ingresso em outro país, iam embora. Chuchu os apoiava com recursos tirados da conta particular do General.

Chuchu confidenciou-me, enquanto bebíamos, que a única esposa que realmente amara (era uma esposa legal, também) chegaria no dia seguinte dos Estados Unidos, onde vivia com seu novo marido, um professor, para visitar a mãe, e traria com ela os dois filhos que ele não via havia sete anos. O marido se encontraria com ela dentro de alguns dias, mas puder perceber que, não obstante, Chuchu tinha esperanças, e era óbvio que a argentina tinha pouca importância para ele por enquanto.

Minhas ambições foram satisfeitas no dia seguinte à festa. Chuchu me levou a Portobelo. Não fora em Nombre de Dios, que eu não conheceria antes de mais dois anos, mas na baía de Portobelo, onde o corpo de Drake tinha sido sepultado. Um oficial americano estava ajudando os panamenhos no que acabou sendo uma busca infrutífera do seu esquife.

Portobelo é fantasticamente lindo. Pouco parece alterado desde a época de Drake, quando a cidade foi fundada na extremidade da rota do ouro que vinha da Cidade do Panamá. Lá estão ainda hoje a casa do tesouro onde o ouro aguardava o embarque para a Espanha, os três fortes protegendo a cidade, as muralhas agora delineadas por urubus. Também há urubus pousados em cima e ao redor da cruz da catedral. Da porta da catedral não se pode ver nada do povoado, somente a floresta, que se estende como uma cortina escura e impenetrável a até quarenta e cinco metros da porta. Lá, entre as ruínas de pedra, parecia haver pouco espaço até mesmo para a diminuta população de dois mil habitantes. A estátua de um Cristo negro destacava-se sobre o altar. Naufragara quando estava sendo levada para o vice-rei do Peru e fora salva pelos índios.

De volta à Cidade do Panamá, deitei-me para uma sesta que não aconteceria. Chuchu me acordou para dizer que o General nos chamava na casa de Rory González — o sr. Bunker e os americanos tinham partido, depois de poucos dias na ilha de Contadora, e o General estava comemorando.

Foi a primeira vez que realmente bebemos juntos. No almoço ele quis tomar água, e só quando percebeu meu desejo europeu por uma bebida fez-me a concessão de um copo de rum. Naquela tarde, quando cheguei, às cinco, o Black Label circulava e continuou a circular até às dez, quando fui embora. O Señor V estava lá. Já estava a ponto de ficar grogue, então agora não constituía ameaça à minha independência, e foi a última vez que vi o pobre homem vivo. O jovem embaixador do Panamá nos Estados Unidos também estava lá e, é claro, Rory González.

O General, aliviado do tédio das negociações, estava alegre e confiante. Mostrou-me fotografias de sua esposa com o pai que tinha reencontrado. Pareciam tão felizes quanto o General. Gracejou a respeito da bela cantora colombiana que tinha ido visitar em Bogotá. "*Você* a viu", disse, "mas eu a apalpei." Mesmo assim contou-me, talvez por cavalheirismo, porque era um homem cortês, que ficara desapontado, nada tinha acontecido, ela nem mesmo quisera entrar no seu avião.

"Estamos comemorando a rendição do solteiro número um do Panamá", disse. "Rory vai se casar no dia 27 de dezembro." Torrijos se casara aos vinte e três anos. Não se queixava de nada, embora tivesse tido problemas. Sua jovem esposa tinha descoberto o esconderijo de suas cartas amorosas. "Ela não ficou histérica", disse. "Ficou histérica." Viu-se teoricamente preso em casa e teve de pedir a Rory que fosse salvá-lo.

O Black Label fez as horas voarem. Por volta das nove, Chuchu cochichava com insistência. Precisava ir ao aeroporto para buscar a ex-mulher e os filhos.

"Por favor, venha comigo, Graham", suplicava.
Mas eu estava feliz e não queria ir.
"Então, por favor, empreste-me seus óculos escuros."
"Para quê? Está escuro como breu lá fora."
"Para esconder as lágrimas", disse.

O General falou sobre a guerra das bananas que acontecera alguns anos antes entre a United Fruit Company e os países produtores de banana. Um por um tinham feito acordos com a companhia, mas somente até o momento em que o Panamá resistiu. "A companhia disse que estava disposta a me oferecer três milhões de dólares. Se me tivesse oferecido duas Misses Universo, quem sabe..."

Às dez eu não conseguia mais beber e o General tinha desaparecido. Como Chuchu não voltara, Rory disse que mandaria me levar para casa em seu carro. Pedi-lhe que agradecesse ao General por mim. Respondeu: "Acho que ele está com uma garota". O Señor V foi descarregado no assento de trás. Soluçava tanto que não pude entender uma palavra do que disse a caminho do hotel.

Minha sensação de felicidade permaneceu comigo até a hora de dormir. O Panamá ainda não tinha sua própria moeda — o único dinheiro era o dólar, mas o General prometera uma moeda ao país... quando a situação do Canal tivesse sido resolvida... Modorrando em minha cama, pensei num desenho para a futura moeda do Panamá. Não seria apropriado que num lado tivesse a imagem do General e no outro a imagem de Chuchu, imagens de dois românticos que confiavam um no outro mais do que confiavam em qualquer mulher ou político ou intelectual?

XIII

CHUCHU APARECEU NO MEU HOTEL com as duas crianças atraentes e inteligentes que gerara com a mulher que amava. Mais tarde, depois de mais um casamento e mais um filho, fez um comentário sobre ela com tristeza. "Ah, *ela* não era uma mulher limpa." Acho que queria dizer que ela não tinha sido meticulosa quanto à arrumação da casa e aos bens do casal. Não tinha sido "matronal".

Tentamos mais uma vez conseguir um avião para Bocas del Toro — a ilha tornara-se uma obsessão para mim, quase como Nombre de Dios — e mais uma vez, felizmente, fracassamos. Assim, em vez disso, viajamos de carro com as crianças pela inacabada rodovia Interamericana, atravessando a Colômbia, cruzando o enorme espaço vazio que, pintado de verde, assinala no mapa a compacta e inexplorada floresta de Darién, reserva de inumeráveis índios. Havia os que queriam (entre eles engenheiros japoneses) construir um novo canal através da floresta, que seria desmatada com a ajuda de engenhos nucleares, mas o General era decididamente contra a ideia. "Não sabemos quantos milhares de índios seriam mortos ou desalojados."

Com a ajuda dos iugoslavos, a represa Bayano tinha sido construída na orla daquela grande reserva. Fomos até lá depois de termos almoçado num posto para recrutas do Exército — era domingo, dia de visita da família, e eu me lembrei do Dia do Fundador na minha escola inglesa, com mães orgulhosas e garotos encabulados.

A represa provocara a remoção de pelo menos uma aldeia indígena, que está agora debaixo d'água. Fomos visitar a nova aldeia, e na choça do conselho fomos saudados pelo chefe, homem de imensa dignidade, que usava duas penas no chapéu e uma faixa verde sobre um ombro. Alguns habitantes da aldeia sentaram-se no assoalho e escutavam em silêncio enquanto um intérprete enunciava as queixas do chefe contra o governo. Não iam deixar de aproveitar a oportunidade da nossa visita.

O governo não cumpria suas promessas, nos disseram — o pagamento que lhes tinha sido assegurado por sua relocalização estava três meses atrasado; tinham sido transferidos para a nova aldeia muito tarde para plantar; estavam com pouco açúcar e grãos; os animais selvagens que os proviam de alimentação haviam sido afugentados pelas obras da represa; e todos os peixes do rio tinham morrido. Se fossem apelar ao General, o apelo teria de ser combinado entre todos os chefes índios, e o homem que provavelmente estava para ser escolhido como representante deles era um homem mau, que nada fazia para ajudar seu povo. Prometemos ao chefe que falaríamos diretamente com o General, e ele acreditou em nós — embora, talvez, com certo ceticismo.

Os filhos de Chuchu escutavam com grande seriedade. Aquilo devia lhes parecer muito diferente de sua casa nos Estados Unidos e do seu padrasto no campus. Chuchu também era professor, mas em seu uniforme militar, com as divisas de sargento, devia lhes parecer bem diferente dos professores que estavam habituados a encontrar nos Estados Unidos. Chuchu habilmente puxou o filho. "Dê-me sua opinião", disse, e insistiu: "Dê-me sua opinião sobre isso", e o filho prontamente respondeu com pequenos aforismos.

Mais tarde, de volta à Cidade do Panamá, Chuchu e eu fomos de má vontade ao Holiday Inn, porque casualmente ficava próximo, para tomar três ponches de rum cada um — ponches que, como temíamos, eram fracos —, e a fim de discutir planos para o dia seguinte. Tomaríamos um helicóptero militar para as ilhas San Blas, no Atlântico, onde as lagostas eram boas, segundo Chuchu, e os índios cuna viviam uma vida independente. Depois fomos jantar no Marisco e Chuchu percebeu que havia esquecido os óculos e saiu para buscá-los — na verdade tinha esquecido mais do que os óculos, porque voltou com a "garotinha" que não tinha coragem de deixar. Era encantadora e não tão modesta quanto a descrevera.

XIV

NA CIDADE DO PANAMÁ INVARIAVELMENTE nada saía como tínhamos planejado. Em vez de tomarmos o helicóptero para as ilhas San Blas, fomos às compras porque o General queria que sentássemos à mesa com ele, na casa de Rory, enquanto almoçava (detestava estar sozinho quando comia). Pensei em tentar mudar sua preferência em matéria de uísque. Comprei uma garrafa de uísque irlandês (queria ensiná-lo a preparar *Irish coffee*, e descobri que ele nem sequer sabia que a Irlanda produzia uísque) e uma garrafa de Glenfiddich para desafiar seu Black Label favorito. Dei-lhe também um dos tesouros que conservava na minha caderneta — uma nota de um dólar falsa tendo impressa no verso uma propaganda contra a guerra do Vietnã. Isso lhe agradou mais do que o uísque, pois ele continuou fiel ao Black Label até o fim. Eram presentes de despedida, já que no dia seguinte um avião da KLM me levaria de volta a Amsterdã.

Transmitimo-lhes as reclamações dos índios em Bayano e ele prometeu que seriam atendidas, e deu as anotações de Chuchu para sua secretária. Falamos então a esmo enquanto a refeição simples parecia estar sendo engolida, quase sem que sentisse o gosto, com o auxílio de água — o domingo acabara. Falamos de sonhos — raramente se lembrava deles, e os que lembrava eram inquietantes como aquele com seu falecido pai —, de mulheres ("quando se é jovem come-se qualquer coisa, mas agora a gente distingue"), de premonições, com as quais sofria com frequência. Suas premonições eram geralmente sobre sua própria morte por violência. Disse-lhe o quanto achava pavorosos os personagens de Walt Disney sobre os quais estava ligado o nome das cidades ao longo das estradas. "Na próxima vez em que os estudantes quiserem fazer uma demonstração contra os Estados Unidos, não lhes pode pedir que queimem todos aqueles Patos

Donalds?" Ai de mim, minha sugestão nunca foi seguida. Eles ainda estão lá.

Enquanto falávamos, o solitário periquitinho nos olhava de sua gaiola.

"Ele jamais cantará", disse a Torrijos, "sem um companheiro."

"Oh, cantará, sim", respondeu. Foi ao aposento ao lado e apanhou uma fita cassete. Tinha gravado o canto de um periquito e o tocou para o pássaro solitário, que começou a cantar em resposta. Como seria possível, pensei, deixar de gostar desse homem?

Naquele anoitecer Chuchu e eu fomos a um restaurante ao ar livre, o Panamá, a cuja frente o Pacífico se estende como um gramado escuro e onde as estrelas pareciam mais brilhantes e mais próximas do que jamais tinham estado em minha casa; íamos nos encontrar com sua ex-esposa e seus filhos, e Chuchu, enquanto esperávamos, descreveu-a como a mulher mais bonita que provavelmente já vira. Sabia que se sentiria tão triste quando ela partisse ao final do jantar, que tinha acertado um encontro para as dez e meia com uma prostituta numa determinada esquina — certamente "a garotinha" em casa não seria capaz de atenuar sua infelicidade.

A ex-esposa de Chuchu chegou. Era bonita, inteligente e decerto uma mulher elegante, mas dificilmente me parecia igual à dos sonhos de Chuchu. Trouxe com ela (acho que para funcionar como uma barreira contra as atenções de Chuchu) uma jovem médica que se empertigava desconfiada. Chuchu vestira seu melhor uniforme, tinha penteado o cabelo rebelde, e agora procurava seduzir a filha de treze anos. Como Chuchu, ela era romântica — alguns anos mais tarde um amigo meu a encontrou na Nicarágua, vestindo cáqui e com um revólver na anca.

Durante todo o jantar Chuchu falou de sua solidão no Panamá, completamente esquecido da mulher rica e de seu bebê, da "garotinha" e da prostituta que àquela hora estava a caminho do local do encontro. "Quando você voltar para os Estados Unidos", implorou à ex-esposa, "deixe-me pelo menos minha filha." A filha tomou-lhe a mão e chorou pelo homem solitário ao seu lado — ele não era professor àquela noite, era um soldado. Seu jovem irmão era de um material mais resistente e como o pai pedira, deu uma "opinião". "Ele não pode ser solitário tendo o mundo inteiro na cabeça." A médica observava cinicamente a performance de Chuchu, e a menina chorava e chorava.

Eu estava furioso com Chuchu e ralhei com ele quando me levou de volta ao hotel.

"Você não tem direito", falei, "de afligir sua filha, como fez, com histórias sobre sua solidão. Solidão! Que espécie de solidão?"

"Mas eu estou só", disse. Parou o carro numa esquina e olhou a rua de alto a baixo. "Ela foi embora", falou, "estamos atrasados quase uma hora."

No dia seguinte fiz minha última refeição no Marisco em companhia de Chuchu — uma despedida do Panamá —, refeição que nos foi oferecida gratuitamente pelo proprietário basco. Foi muito leve e elegante, consistindo apenas em filés de peixe em azeite e um vinho chileno escolhido de um ano não Pinochet.

Nunca pensei que veria Chuchu ou o General ou o Panamá novamente, mas ainda estava obcecado pelo romance que jamais iria escrever, e nos meses que se seguiram escrevi fragmentos de diálogos — se bem que não dos diálogos que tinha escutado.

"Vocês nos criticam", estava dizendo o General, não para mim mas para a repórter de *Na volta*. "Vocês nos chamam de latino-americanos porque não querem olhar dentro de vocês mesmos a uma profundidade suficiente — onde nos achariam também.

"Quem foi o primeiro latino-americano? Cortés — não Colombo. Colombo ficou no seu barco na baía de Portobelo e não quis desembarcar. Era velho, como a Europa."

Mas havia uma linha autêntica no diálogo do General que ainda me intrigava por seu mistério. Que queria ele insinuar quando disse: "Você e eu somos ambos autodestrutivos?". Era como um amigo falando, um amigo que me conhecia melhor do que eu próprio me conhecia.

PARTE II
1977

I

O ROMANCE NA VOLTA ME IMPORTUNAVA dia e noite quando voltei à França. Aqueles personagens que tão equivocadamente tinha extraído da vida não queriam me deixar descansar. Eu me lembraria constantemente da pretensão de Chuchu, "Nunca vou morrer"; de sua complexa teologia — "Acredito no diabo. Não creio em Deus"; e de como queria provar a existência do diabo empurrando uma porta de vaivém do lado errado. O General e Chuchu continuavam a viver lá longe no Panamá e se recusavam a se tornar personagens de meu romance. E o Panamá, muito do pequeno país ficara sem ser visto e parecia altamente improvável que eu pudesse um dia voltar para uma segunda visita. Não tinha ido como Colombo à indesejável ilha de Bocas del Torro; Nombre de Dios era apenas um nome num espetáculo teatral e num poema; não conseguíramos entrar na Casa Assombrada. Recebi notícias, acho que de meu amigo Diederich, de que o Señor V, pobre homem, morrera de um ataque cardíaco. Aquela última festa com Black Label teria sido demais para ele? No romance, que comecei a perder a esperança de escrever um dia, era essencial que ele continuasse vivo porque seu papel era importante. Depois da morte de Chuchu na explosão do carro — em David? —, o General tinha de mandar o Señor V trazer a garota de volta, de helicóptero, à Cidade do Panamá, e era em sua antipática companhia que se encontraria voando sobre os lugares que ela e Chuchu tinham planejado visitar "na volta".

Nos meses seguintes passei para o papel as duas primeiras páginas do livro condenado. Marie-Claire, a jornalista francesa, chegou, tal como eu na primeira vez, para ver o General.

> Achou-se no pequeno pátio de uma casa suburbana branca, cercada por rostos meio índios. Os homens carregavam revólveres no cinturão e um tinha um walkie-talkie que mantinha firmemente colado ao ouvido como se estivesse esperando, com a energia de um sacerdote, que um de seus deuses indígenas fizesse alguma revelação. Os homens são tão estranhos para mim, pensou, quanto os índios devem ter parecido a Colombo cinco séculos atrás. A camuflagem de seus uniformes parecia desenhos pintados sobre a pele nua.

Não avançara muito com o livro quando uma noite, na hora de dormir, meu telefone tocou em Antibes. Era a voz de Chuchu falando do Panamá.

"Quando é que você vem?"

"Que quer dizer com isso?"

"O General quer saber quando é que você vem."

"Mas..."

"A passagem está esperando por você na KLM."

Assim, apesar de tudo, ia ver o Panamá mais uma vez, pensei com satisfação.

Dessa vez voei de Paris para Amsterdã para seguir no voo da KLM, e na manhã seguinte estava mais uma vez sobre o Caribe tomando Bols. Anotei em meu diário: "21 de agosto. Grandes formações de nuvens sobre Trinidad. A adorável costa montanhosa da Colômbia e depois a densa floresta de Darién. Chuchu vai me esperar no aeroporto".

Era como se eu nunca tivesse partido. A vida começou a mudar para o ritmo do Panamá sem qualquer dificuldade. Uma sesta, ponches do plantador ruins em companhia de Chuchu no Holiday Inn, a volta ao hotel para meu uísque, um bom almoço preparado pelo *patron* basco no Marisco. Entretanto, houvera algumas mudanças importantes e Chuchu me contou as novidades. Sua vida particular ainda não tinha se aprumado. A amada ex-esposa de Chuchu se separara do marido americano, mas tinha escrito para Chuchu dizendo que não voltaria para ele (até certo ponto, pensei, para seu alívio) porque, quando estava com ele, não se sentia livre. "Está tentando", disse ele, "ser cem por cento de alguma coisa quando o que realmente quer é ser cinquenta por cento: meio livre, meio inteligente, meio..." Ainda mantinha relações com a refugiada argentina, mas agora ela às vezes batia nele por ciúme.

E o General? Como estava o General? Estava infeliz, contou-me Chuchu, por causa dos termos do Tratado do Canal com os quais finalmente tinha concordado, dormia mal e nem mesmo estava bebendo nos fins de semana — um mau sinal. Chuchu estava muito inclinado a permitir que os estudantes fizessem manifestações contra a Zona antes que o Senado americano se reunisse para examinar o Tratado, apenas para lhes mostrar que o Panamá não estava disposto a aceitar qualquer mudança que pretendessem fazer. Mas a dúvida principal em sua cabeça era se o General não estava talvez caminhando um pouco para a direita.

Eu tinha publicado um artigo na *New York Review of Books* sobre "O país com cinco fronteiras", no qual tinha escrito que alguns dos oficiais mais antigos da Guarda Nacional tinham privilégios especiais, como o alojamento, por exemplo, porque, como o General me dissera: "Se não lhes pago, a CIA paga", e tinha descrito o coronel Flores sentado mastigando sua goma de mascar na reunião em El Chorillo. Chuchu tinha traduzido meu artigo para um jornal panamenho e perguntara ao General se podia, por acaso, omitir minha alusão aos oficiais da Guarda Nacional. "Não. Não altere nenhuma de suas palavras", respondera o General. Tanto pior para meu futuro relacionamento com o chefe do Estado-Maior. Esperava que não houvesse nenhum golpe de Estado enquanto eu estivesse no Panamá.

Chuchu me expôs o problema assim: "Por certo há corrupção entre alguns oficiais antigos. Você conhece a história do homem que estava tentando desentupir sua privada com um desses rodos de borracha e aquilo não funcionava? Outro homem lhe disse: 'Você jamais o conseguirá desse modo. Você tem de pôr as mãos na merda e tirá-la'. O General tem de pôr as mãos na merda".

No dia seguinte o General mandou seu avião nos buscar e nos levar à sua casa em Farallón, na costa do Pacífico, para o almoço. "Prepare uma malinha", advertiu-me Chuchu. "Tenho a impressão de que não voltaremos hoje à cidade."

Chuchu estava certo. Um helicóptero estava esperando próximo à casa, e nós deixamos nossa bagagem nele.

Depois do que Chuchu me contara, fiquei surpreso ao verificar como Torrijos parecia tranquilo, jovem, feliz mesmo — cumprimentou-me chamando-me pelo prenome e me abraçou, então o imitei e daquele dia em diante ele passou a ser Omar para mim. Disse-me que gostara do meu artigo. "Você me descreve como uma pessoa autêntica; não um computador", comentou. Era verdade, continuou, que as negociações sobre o Tratado haviam sido muito difíceis e exaustivas. Os americanos tinham começado com a ideia de não ceder em nada. Agora as palavras finais tinham sido ditas e o desfecho estava nas mãos dos deuses — ou do Senado. Algumas noites antes ele tivera um sonho muito nítido. A guerra de guerrilhas, que de certa forma desejava, havia começado. Estava na selva e percebeu que estava sem botas. Sentiu uma terrível humilhação, já que seria capturado logo no começo da guerra só porque não tinha botas.

Depois do almoço o motor do helicóptero foi acionado, mas o General dirigiu-se para um carro e assumiu o volante. O helicóptero partiu vazio, levando apenas nossa bagagem. A mudança no último instante era por segurança — uma precaução contra um fim violento que, agora me parece, estava sempre em sua mente. Estávamos em cinco no carro: o General, eu, Chuchu, a secretária do General e uma jovem amiga com um rosto gracioso que mostrava traços de sangue chinês. Naquele primeiro encontro pareceu-me um pouco pretensiosa e pseudointelectual — estava estudando sociologia nos Estados Unidos, matéria que é rica em banalidades e jargões —, mas estava enganado quanto a ela. Tinha inteligência e coragem, carinho e lealdade, e era boa para Omar.

Aparentemente estávamos indo passar a noite em Santiago, e no dia seguinte o helicóptero nos encontraria e nos levaria a David e depois a uma plantação de bananas panamenha — a única de certa importância de propriedade da República. Era rodeada de plantações pertencentes a americanos.

Santiago era a cidade natal do General. Enquanto dirigia me contou como, aos dezesseis anos, tentara fugir de casa com uma garota e tinha roubado o carro do irmão mais velho. "Tive sorte", disse. "A polícia me parou quando estava saindo de Santiago. Agora vejo a garota na rua às vezes. É uma mulher gordíssima."

Na entrada de Santiago paramos na casa de um velho amigo de Omar, proprietário de um caminhão de carga. O homem tinha descoberto, havia pouco, alguns colares de ouro magníficos numa tumba que escavara secretamente. Afirmava que tinham quatro mil anos, e o General o aconselhou a mantê-los escondidos até que pudesse conseguir que o governo lhe pagasse um preço justo.

Depois viajamos para Santiago e ele apontou para a casinha de madeira de seu pai, o professor, e de seu avô. Sentia-se feliz e à vontade naquela pequena cidade natal. Não havia qualquer sensação de exibicionismo.

Fomos à casa de um mecânico de automóveis que fora seu colega de escola e nos sentamos do lado de fora, em cadeiras de balanço, enquanto os vizinhos se reuniam e se embalavam conosco e bebiam o uísque que Omar discretamente tinha providenciado. Antes de chegarmos me contou como, numa visita anterior, tinha repreendido o amigo por se embriagar, e o homem replicara: "É por isso que não o apanharia no aeroporto. Não sou puxa-saco, mas qual de nós dois é mais feliz? Posso beber o dia todo se me der vontade e ninguém se importa". Num dado momento, quando seu amigo estava fora do alcance da voz, Omar comentou comigo: "Se tivesse ficado aqui, meu horizonte não teria sido mais amplo do que esta varanda", mas havia um tom de justificativa em sua voz, como se tivesse um sentimento de culpa por ter fugido.

Depois dos comentários sobre o passado, a conversa voltou a girar em torno do Tratado. O desapontamento do General com os termos não era partilhado por seu amigo mecânico.

Agora chegava uma professora com suas alunas mais adiantadas, e o General falou com elas de igual para igual, sem condescendência. Anotei no meu diário aquela noite:

> Nunca vi o General baixar a voz — nem mesmo a uma criança de cinco anos. Brinca com os camponeses rudemente, mas algumas vezes faz o mesmo conosco. Perguntei à estudante mais velha, uma garota magra de mais ou menos dezessete anos, o que deveria ser feito se o Tratado não fosse ratificado, e ela respondeu sem hesitar: "Nada é melhor do que sangue nas ruas".

Falamos mais frivolidades depois do jantar. Omar não mostrava sinais de que ia parar de beber, embora fosse uma segunda-feira e não um fim de semana. A conversa tornou-se sexual. Não me lembro agora quais aspectos dos sentimentos ou preferências femininos abordei, mas me recordo como Omar ficou profundamente aborrecido comigo. Sua jovem amante me apoiou e o General se lamentou com um sorriso: "Você está perturbando minha paz doméstica". Foi uma noite de bebedeira, alegre, não perturbada por dúvidas a respeito do Tratado.

II

APÓS O DESJEJUM O GENERAL RECEBEU duas visitas da cidade, um jovem e sua mãe. Ouviu com delicadeza e paciência sua longa história. Era no estilo triste e comum; o marido da mulher morrera recentemente e o rapaz estava desempregado. Resolver os problemas deles provou ser mais fácil do que os do sr. Bunker. Omar escreveu para eles dois bilhetes — um para a municipalidade mandando que baixassem o aluguel da mãe e o outro para o gerente de um fábrica de açúcar ordenando que desse um emprego ao rapaz. Parecia-me que o General estava praticando uma forma direta de democracia, embora seus inimigos pudessem chamá-lo de populista, palavra que hoje é empregada erroneamente e usada como zombaria. (Meu *Dicionário Oxford*, publicado em 1969, a define com dois sentidos: "Partidário de partido político americano cujo propósito é o controle de vias férreas etc." ou "Partidário de partido russo que advoga o coletivismo".)

O helicóptero já havia chegado com nossa bagagem. Deixamos o carro para trás e voamos para David, e então, após uma breve parada, saímos à procura de uma plantação de bananas muito esquiva. Cercada como era pelas plantações da United Brands (nome com que a United Fruit Company tem tentado esquivar-se de seu passado condenável), era difícil distinguir uma da outra a mil pés de altura, e em consequência disso fizemos duas aterrissagens em plantações americanas.

A princípio Omar fingiu que havia descido lá de propósito e indagou o caminho da escola, onde foi cumprimentado com algum temor pelo mestre e com excitação pelos alunos. Falou um pouco com as crianças e examinou seus livros escolares. Camponeses aglomeraram-se na porta. Perguntei a um deles o que aconteceria se o Tratado não fosse ratificado. "Luta, é claro", respondeu, e seus companheiros grunhiram em aprovação. Aparentemente, nessa vila, sob propriedade americana, o povo tinha lutado durante muito tempo em vão para ter uma escola. Qualquer pessoa que promovesse manifestações a favor da escola era encarada pela companhia americana como comunista, e muitos foram mandados para prisões nos Estados Unidos de maneira completamente ilegal, porque a plantação não ficava na Zona. Uma vez mandaram um capitão da polícia atacar os camponeses, mas ele se recusou. Agora tinham sua escola, mas o espírito de beligerância persistia.

Ali fizeram-se algumas perguntas inteligentes ao General sobre o futuro, uma vez que, pelas condições do Tratado, uma grande parte da Zona Americana seria devolvida imediatamente ao Panamá, com exceção das bases militares. Nenhum edifício particular seria tolerado, assegurou-lhes o General. Aquela parte da Zona que ficava contígua ao quarteirão mais pobre da Cidade do Panamá, conhecido ironicamente como Hollywood, se transformaria num parque público. Tinha planos para um orfanato também… "Não vamos substituir proprietários brancos por proprietários cor de café", disse. Aceitava com satisfação perguntas diretas de seu povo. Eram só os jornalistas que ficavam ofendidos com ele. Lembro-me de sua resposta a um jornalista que lhe perguntou se era marxista: "Uma entrevista não é uma confissão. Não tenho de lhe contar meus pensamentos. Posso perguntar se você é pederasta?". Bem, pensei, se ele era um populista, eu preferia o populismo ao marxismo ou conservadorismo ou liberalismo no Panamá.

Voltamos ao helicóptero e descemos novamente em outra plantação, que também mostrou ser americana. Desta vez o General perdeu a esperança de encontrar o caminho de helicóptero e telefonou pedindo um carro. Fazia muito calor e esperamos muito tempo, e, quando o carro chegou, Chuchu foi vencido pelo bando de crianças que corriam em direção ao General, decididas a falar com ele e a tocar-lhe os braços

Na plantação panamenha caminhamos e caminhamos no calor por entre as filas de bananeiras. Lembrei-me de que uma vez na Jamaica um administrador me dissera que o crescimento de uma bananeira tinha um fascínio estranho e muito especial, mas estava me sentindo cansado demais para percebê-lo. Mais tarde, num almoço com apenas água para beber, um professor negro fez o General se recordar de que aos catorze anos, depois que alguém lhe roubara sua bicicleta, saíra andando e encontrara Omar, que então era apenas um jovem major da Guarda Nacional, e Omar lhe dissera que havia uma porção de bicicletas não reclamadas no posto policial e lhe dera um bilhete para a polícia. Assim fora autorizado a escolher a melhor bicicleta. O professor terminou sua história: "Agora tenho uma chance de lhe dizer obrigado". O major Torrijos já era um populista ou simplesmente um homem bondoso que gostava de crianças?

Voltamos a David de helicóptero — todos cansados e em silêncio, até mesmo Omar. Ele foi para o apartamento particular que tinha num edifício alto, e Chuchu e eu fomos para um hotel. Decidimos que tínhamos tido programas suficientes. No dia seguinte sairíamos de carro por nossa conta.

Era uma ocasião favorável para revermos a Casa Assombrada em nosso caminho de volta à Cidade do Panamá e, embora não fosse domingo, o velho apareceu no bar enquanto estávamos bebendo. Era encurvado, com um olho desanimado que só olhavam para o chão. Disse-nos que não poderia nos deixar ver a Casa Assombrada por dentro porque não estava com as chaves. De qualquer modo, não havia nada para ver. Fantasma? As pessoas sempre inventam histórias desse tipo a respeito de uma casa desabitada.

Devia ter lhe perguntado: "Por que permaneceu vazia durante quarenta anos?". Mas ainda tinha esperança de que nos deixasse entrar.

"Ainda assim, queremos dar uma olhada lá dentro", disse a ele. "Quando poderemos?"

"Quando voltarão a passar por aqui?"

"Podemos vir à hora que disser. Que tal domingo?"

"Bem..."

"Domingo a que horas?"

"Três horas."

"O.k."

"Mas não garanto nada."

Tivemos certeza de que não tinha intenção alguma de estar domingo lá, então planejamos aparecer inesperadamente no dia seguinte, às cinco.

Na cidade, Chuchu e eu fomos ao Señorial, onde tínhamos os excelentes ponches de rum feitos por Flor, cuja honestidade e inteligência ainda amedrontavam Chuchu.

A vida sexual de Chuchu não estava indo bem. Sua namorada — mas na hora nem sequer pude imaginar qual delas — estava grávida, faltando apenas três semanas para o parto. "Agora começa a me detestar", disse. Sugeri-lhe que a gravidez talvez estivesse avançada demais para fazer amor, mas essa era uma ideia que ele não queria aceitar. "Não, não", respondeu. "Ela é muito esperta e conduz muito bem as coisas." Até agora só tinha conhecido dois de seus filhos; achei que havia pelo menos outros dois de um casamento anterior — e, é claro, havia a criança da poeta dona da geladeira, e esse novo que ia chegar. Mas jamais chegaria a saber as origens exatas da família de Chuchu ou o número de seus filhos, nem ele mesmo estava bem certo. Respondeu a um amigo que lhe perguntou: "Mais ou menos doze, acho".

Antes do jantar apanhamos um casal chileno que Chuchu classificara como ultraesquerdista. O homem tinha aquele tipo de bigode recurvado, cuidadosamente arrumado, que parece ser o distintivo da ala esquerdista, da mesma forma como um bigode curto, no estilo militar, pertence à direita. Chuchu o tinha socorrido certa ocasião quando fora acusado de assalto, ou coisa que o valha, pelos G-2 (a polícia de segurança), juntamente com um líder democrata cristão. Chegara clandestino e Chuchu entregou seu caso ao General. O General pronunciara uma sentença digna de Salomão. O homem poderia deixar o país pela Costa Rica, no próprio carro do General por medida de segurança, ou poderia se entregar à polícia na companhia de Chuchu para garantir que não seria maltratado. Decidiu entregar-se e foi condenado a um mês de prisão, não na cadeia, mas no Pombal, o confortável apartamento de refugiados gerido por Chuchu. Durante o jantar no Marisco sua esposa insistia em me dizer que não eram realmente Ultras. Tinham fugido do Chile na época do golpe de Pinochet.

Por uma curiosa coincidência, naquela noite o chefe dos G-2 estava jantando no Marisco, numa sala reservada, e Chuchu quis me apresentar a ele, mas a ideia assustou o casal. "Noutra ocasião", implorou o homem do bigode maleável. "Não quando estiverem conosco."

Naquela noite Chuchu me descreveu um assalto à luz do dia que testemunhara na cidade. Dois turistas estavam sendo atacados numa rua da cidade velha quando ele passava. Parou o carro e teve a intenção de dar um tiro para o alto, mas os homens fugiram quando viram seu revólver.

"Por que não atirou na perna deles?", perguntei.

"Por que deveria feri-los? Estavam só atrás de dinheiro. Eram pobres."

Isso era o Panamá.

No dia seguinte, seguimos para Punta Chane, um extraordinário projeto financiado pelo Bank of Boston, que não funcionava. Um elaborado plano rodoviário com postes de luz elétrica e retornos tinha sido projetado. Cartazes mostravam a futura localização de hotéis e bancos, e nem mesmo a pedra fundamental tinha sido lançada — a rodovia e os retornos levavam somente a uma ou duas cabanas junto ao mar, e não havia sinal de trabalho em curso. Seguimos então por entre colinas para El Valle onde, segundo li em meu *South American Handbook*, havia árvores com troncos quadrados e rãs douradas, um belo passeio que acabou em desapontamento — nada de árvores quadradas e rãs douradas para ver.

Eu mal vira Omar até agora nesta visita. Tive a impressão de que ele deliberadamente me deixava solto para ver o que eu quisesse ver, para conhecer o Panamá ao meu jeito, sem a influência dele, para travar meus próprios contatos entre os sandinistas e os outros refugiados que haviam vindo para o Panamá em busca de segurança.

Após meu regresso de El Valle tive o primeiro encontro com os sandinistas. Um jovem doutor nicaraguense, Camilo, cujo irmão tinha sido morto por Somoza, convidou a mim e a Chuchu para jantar. Seu irmão era o líder guerrilheiro Comandante Zero, título que passou para seu sucessor. Antes de chegarmos à casa, Chuchu me contou que Somoza tinha jurado que beberia o sangue de Zero, e Camilo estava agora vivendo com a namorada panamenha do irmão, María Isabel. Prometi não demonstrar que sabia do relacionamento entre eles. Disse-me que eu veria uma fotografia do irmão morto na parede.

A fotografia estava lá, realmente, mas não havia segredo quanto ao relacionamento deles. A garota era bonita e inteligente, contudo havia antagonismo entre ela e Chuchu. Talvez Chuchu fosse um pouco ciumento por sua fidelidade ao jovem sandinista. Além do mais, Chuchu tinha nascido na Nicarágua, e o avô da moça tinha sido presidente do Panamá, e talvez seu sangue maia estivesse desconfiado do puro sangue espanhol. Não tinha nenhum motivo para duvidar da lealdade dela à causa sandinista, mas bem poderia ter motivo para desconfiar de sua prudência. Conosco, no jantar, estava outro jovem sandinista, Rogelio, matemático como Chuchu. Era casado com uma moça italiana, Lidia, e a amizade de Chuchu com eles iria complicar ainda mais sua vida sexual, pois iria se casar com Silvana, irmã de Lidia, e começar mais uma família.

Esses jovens sandinistas não eram refugiados da guerra de guerrilhas — eles eram parte da guerra de guerrilhas. Já existia um serviço sandinista no exterior. O jovem doutor poderia vestir rapidamente um terno novo e uma gravata e partir para o México em missões misteriosas. Quando uma vez me encontrei com ele no aeroporto do Panamá e caçoei a respeito de sua elegância, disse-me com grande seriedade: "Se você parece bem-vestido, eles não examinam seu passaporte minuciosamente".

Após esse encontro com Camilo e sua garota, tive a impressão de estar sendo levado pelos sandinistas. Até mesmo Chuchu tinha sido envolvido pelo cenário. Na verdade, por um dia ou dois ele desapareceu completamente da cena e acho, pelo meu diário, que eu começava a ficar ressentido por ver sempre os mesmos rostos — Camilo e María Isabel, o matemático e sua esposa Lidia, até os Ultras apareceram uma vez ou outra. Não tinha ideia de onde Chuchu estava. Por tudo que sabia dele, estava na Nicarágua, ou na fronteira da Costa Rica, descarregando armas de seu aviãozinho. Era como se eu estivesse sendo empurrado em direção a uma fronteira que não tinha vontade de cruzar, em defesa de uma causa que eu era ignorante demais para abraçar. Até mesmo Omar me advertira sobre a travessia daquela fronteira. Seria fácil para Somoza culpar os sandinistas pela minha morte.

No entanto, tinha uma razão para lhes ser grato, pois foi com María Isabel que realmente encontrei as rãs douradas em El Valle, e até uma árvore quadrada, depois de uma longa caminhada escalando a floresta, onde fui terrivelmente picado, mas o mais importante para mim é que ela me pôs dentro da Casa Assombrada. Era domingo e tínhamos planejado voar até as ilhas San Blas, mas em vez disso seguimos para o bar ao lado da Casa Assombrada e o encontramos aberto. Minutos depois o velho chegou de carro.

"Deixe-me falar com ele", disse María Isabel. Ele estava com as chaves na mão, assim não podia dizer que não as tinha. Seu álibi estava destruído e María Isabel era uma mulher bonita. Disse-lhe que eu era um médium inglês que parara no Panamá quando regressava de uma conferência espiritualista na Austrália. Rumores a respeito da casa tinham chegado aos meus ouvidos.

"Uma porção de bobagens."

"Mesmo assim…"

Relutantemente concordou em nos mostrar "parte da casa".

Retirou a tranca de aço e abriu a pesada porta, também de aço, e estávamos na sala de estar da casa, quase no escuro total. Não havia lâmpada e só podíamos ver o que existia lá com a ajuda de um isqueiro. Podia não existir um fantasma, mas a casa certamente era assombrada por lembranças. Armários de vidro cheios de porcelanas se encostavam às paredes. Pinturas vitorianas de mulheres em roupas de musselina transparente, como reproduções de Leighton, estavam penduradas entre os armários. Olhei através de uma porta para um pequeno aposento que continha uma cama de aço, com os lençóis revolvidos em cima dela como se seu ocupante mal tivesse acordado de seu sono, e um morcego voou.

O velho apontou para o assoalho da sala de estar e me perguntou: "Sabe o que há aí?".

Não tive a coragem social de responder: "O esqueleto de uma mulher".

O velho ficou mais afável quando estávamos novamente a salvo do lado de fora. Contou-nos que havia muitos fantasmas ao redor, porque estávamos em cima da rota do ouro para Portobelo. Os espanhóis tinham enterrado muito ouro ali, e enterrados com o ouro estavam os índios que o haviam transportado. Seus espíritos lutavam contra qualquer pessoa que tentasse desenterrá-lo.

Na despedida fiz com os dedos um sinal que achava ser maçônico, e ele respondeu-me chamando de irmão. "Também sou médium", disse. "Sou um médium consciente, você é *inconsciente*." A princípio pensei que ele estava me acusando de ser um médium sem consciência, mas María Isabel me explicou. Queria dizer que, quando saía do transe, ele podia lembrar o que tinha acontecido, enquanto eu não podia.

De repente o velho percebeu que tinha deixado a porta de aço entreaberta e voltou precipitadamente para fechá-la e trancá-la duplamente.

Na ausência de Chuchu foram os sandinistas que providenciaram para mim uma visita a Hollywood, a favela situada nos limites da Zona Americana. Disseram-me que uma visita não seria segura sem a companhia de um morador, mas um do grupo deles sabia de alguém que poderia garantir nossa segurança.

Hollywood revelou-se um povoroso amontoado de casas de madeira mergulhadas na água da chuva, feito barcos de carga, e de banheiros comunitários que exalavam mau cheiro e escoavam-se na água ao redor. Numa esquina escondida estava sentada uma velha vendendo maconha, e fomos seguidos passo a passo por um fumante que estava meio inconsciente devido à droga e que nos fazia perguntas que não devíamos responder, e queria nos levar para onde nosso guia e protetor não tinha vontade de ir.

Pensava, com espanto, nos gramados perfeitos, nos campos de golfe e nas cinquenta e três igrejas no outro lado, um quilômetro e meio após a fronteira despercebida. Omar havia pensado em demolir Hollywood e construir edifícios de apartamentos (na verdade havia pelo menos um grande prédio de apartamentos, com corredores escuros e paredes úmidas pingando, através dos quais caminhávamos com passos rápidos, nervosos, sem enxergar absolutamente ninguém por perto), mas abandonara a ideia. Os moradores de Hollywood eram apegados às casas gotejantes que eram deles, onde seus pais e avós tinham nascido, portanto ele agora falava em "melhoramento" — se o Tratado fosse um dia ratificado com saneamento, água corrente, luz elétrica. Eu não podia imaginar a possibilidade: toque numa parede da casa, tente consertar um telhado e a construção certamente desabará dentro da água à sua porta.

Acho que pode ter sido Hollywood que me rendeu uma noite atormentada por culpas durante a qual sonhei que tinha discutido com a mulher que amava, e a seguir me encontrei viajando escondido em direção aos velhos escritórios do *The Times*, na Queen Victoria Street, para me demitir da equipe. Mas que direito tinha eu de pedir demissão? Não estivera ausente por meses, se não por anos, com pagamento integral?

III

NO DIA SEGUINTE VOLTEI para Colón com o jovem doutor sandinista, que queria visitar o hospital local. Ele também tinha sido perturbado por um sonho triste — um sonho com seu irmão que fora morto pelos homens de Somoza. No sonho, o irmão tinha desaprovado o que Camilo estava fazendo agora. Acho que ele também estava sofrendo devido a um sentimento de culpa não mais racional do que o meu, porque estava em segurança enquanto a guerra civil se desenrolava com selvageria na Nicarágua, trabalhava pela causa seguindo ordens.

Falou-me um pouco mais a respeito de seu irmão, que era mais jovem do que ele. Tinha sido treinado para engenheiro na Siemens, em Manágua, e quando tinha dezessete anos viajara para a Alemanha com uma bolsa de estudos. Os pais nunca mais o viram até que, anos atrás, a polícia da Nicarágua os apanhou em casa para identificar o cadáver do Comandante Zero. Eles não sabiam que o filho era o famoso Zero que tinha desferido o primeiro sério golpe contra a tirania de Somoza, sequestrando de uma só vez vários embaixadores e ministros de Estado quando saíam de uma festa, e dessa forma conseguira a liberdade de catorze prisioneiros políticos que haviam sido levados em segurança num voo para Cuba.

Meu novo amigo Camilo nada sabia a respeito do que estava acontecendo com seu irmão depois que o vira partir para a Alemanha. Então, quase acidentalmente, encontrou-o na Cidade do México, e o irmão o aliciara para difundir o movimento sandinista. Ouvira a notícia de sua morte no Panamá, pelo rádio.

Quando regressamos à cidade fiquei alegre ao saber que Chuchu estava de volta são e salvo, embora nunca tenha sabido de onde. "O inconveniente quanto a Chuchu", disse-me Camilo, "é que mistura política com sexo." Verdade ou não, parecia que ele agora tinha uma nova namorada, a mulher de um bandido que estava hospitalizado depois de um tiroteio, relação um tanto perigosa, poder-se-ia pensar, e numa reunião confusa com nossos amigos sandinistas uma jovem grávida apareceu — seria a namorada de Chuchu? —, mas não aparentava ter ligações com ninguém que estava lá. Fizeram brincadeiras a respeito de quem seria o pai da criança.

Foi morto no Vietnã, disse ela.

"Então você está grávida há dois anos."

"Perdão, foi morto na Coreia."

"Então faz muito mais tempo."

Ela apontou para o jovem matemático Rogelio.

"Bem", disse ela rindo, "quem sabe? Pode ser."

Insisti com Chuchu para que ficasse sóbrio aquela noite.

"Claro, ficarei sóbrio", disse, e acrescentou: "Nunca misturo política com álcool ou sexo".

IV

As ilhas San Blas — trezentas e sessenta e cinco delas — estão situadas no Atlântico, longe da costa de Darién. Os únicos habitantes são os índios cuna, que vivem praticamente independentes. Não pagam impostos. Enviam representantes à Assembleia Nacional e até mesmo negociaram seu tratado de exportação com a Colômbia. É permitido aos turistas passar uma noite em duas das ilhas. Nas outras trezentas e sessenta e três os estrangeiros podem ficar só durante o dia. As lagostas de San Blas são muito apreciadas no Panamá, contudo, ao ar fresco do mar, achei a minha dura e insípida.

Muito mais interessantes do que as lagostas eram as mulheres. Que interesse e cobiça elas teriam despertado nos conquistadores, pois em todo nariz e orelha balançava-se uma argola de ouro. Ninguém sabia me contar de onde tinha vindo o ouro, pois não havia minas de ouro no Panamá. Mesmo no tempo da Espanha, quando as caravanas de ouro seguiam a rota da Cidade do Panamá para Portobelo, o ouro tinha de descer a costa do Pacífico desde o Peru.

As mulheres, deixando completamente de lado a exuberância de suas argolas e a maneira de se vestir, num estilo quase semelhante ao dos antigos egípcios, eram interessantes de se ver. As jovens de cabelos longos eram solteiras; as de cabelos curtos eram casadas. Era feita uma distinção entre elas até no uso dos instrumentos musicais. Quando dançaram para nós, por uma taxa fixa e razoável, as solteiras sacudiam chocalhos e as casadas tocavam uma pequena flauta com vários tubos. Elas contribuíam para a economia dos cuna bordando quadrados de tecido, chamados *molas*, para serem usados no peitilho de blusas. Aquele dia eu estava com Camilo e Lidia, a mulher de Rogelio. Era seu aniversário e ela escolheu uma *mola* para que eu a presenteasse, mas para ser roubada poucos dias depois em estranhas circunstâncias, típicas da vida na Cidade do Panamá.

À noite Chuchu veio me visitar. Disse-me que Omar queria que eu fosse com a delegação panamenha a Washington, dentro de cinco dias, para a assinatura do Tratado do Canal cujos termos, depois de todos aqueles anos, tinham finalmente sido acordados. O *Miami Herald* afirmava naquela manhã que não era diferente do projeto de tratado de 1967, proposto antes que o General assumisse o poder, mas isso era completamente falso — talvez fosse uma tentativa dos americanos para provocar agitações internas contra Torrijos. O novo Tratado transferia imediatamente para o Panamá cinquenta vezes mais território do que o projeto antigo teria feito. As bases militares americanas, era verdade, permaneceriam até o ano 2000, e somente então o Canal se tornaria propriedade do

Panamá exclusivamente. Entretanto, a Zona, com exceção dessas bases, deixaria de existir de imediato.

Senti-me pouco disposto a ir para Washington. Tinha reservado meu voo de volta, e estava na hora de retornar para a França e para meu próprio trabalho. Disse a Chuchu que não tinha visto para os Estados Unidos, uma mentira inofensiva, porque há muito não era verdade.

"Não tem importância", respondeu, "você terá um passaporte diplomático panamenho."

"Não quero voltar até aqui para tomar o avião para Amsterdã."

"Você não precisa voltar. O General comprará passagem para você no Concorde, direto de Washington para Paris."

Disse-me que o General já estava sendo atacado porque o Tratado não era tão bom quanto o povo esperava. Fizera um discurso para os estudantes dizendo: "Estou fazendo o progresso que posso, mas, se não tenho o apoio dos progressistas, que mais posso fazer?".

Cedi. "Se o General realmente quer que eu vá...", disse.

"Ele realmente quer isso."

Naquela tarde fui à residência temporária de uma escritora nicaraguense que tinha sido torturada pela Guarda de Somoza. Tinha tido um filho no dia anterior, com êxito. Contaria poucas coisas por medo do que poderia acontecer à sua família e, pelo seu rosto atormentado, podia-se ver o quanto queria esquecer o passado. Porém havia na sala outras que tinham sofrido e estavam dispostas a falar. Uma argentina descreveu a tortura elétrica que tivera de suportar. Outra argentina falou de uma baioneta enfiada em sua vagina. Um peruano contou sobre sua expulsão, um nicaraguense sobre sua fuga de uma emboscada da polícia. Para muitas pessoas, de muitos países da América Latina — Argentina, Chile, Nicarágua, El Salvador —, o Panamá se transformara num porto de fuga, graças ao General. Não tinha sido assim no tempo da família Arias.

V

ESTAVA SOFRENDO AS CONSEQUÊNCIAS da procura de uma árvore quadrada nas florestas de El Valle. Uma irritação nos tornozelos me fazia ficar a noite toda acordado. Então, a conselho de Chuchu, fui procurar um jovem médico negro no quartel da Guarda Nacional. Receitou-me um líquido, um creme e uns comprimidos, e me disse que eu tinha sido picado por um inseto minúsculo chamado *chitra*, muito conhecido dos Porcos Selvagens. A seguir fomos ao aeroporto nos encontrar com um produtor cinematográfico mexicano que estava tentando ajustar a coprodução de um filme antimilitar. Tinham lhe oferecido apoio no México, na Colômbia, na França e em Cuba, mas o Panamá era o único país que estava disposto a ceder suas tropas.

Acho que a exuberância de Chuchu o intrigou. Não estava habituado a tratar com um guarda de segurança que fosse também poeta e professor. Parecia confuso e ingênuo.

Camilo estava no aeroporto também. Estava muito bem-vestido e parecia um jovem médico, e estava indo para a Cidade do México numa misteriosa missão sandinista. Alguns dias antes me confiara uma carta para um endereço em Paris que queria que eu pusesse no correio na minha volta à França, mas agora que sabia que eu ia passar por Washington, estava muito preocupado com a segurança dela. "Não deve deixá-la em sua bagagem", disse-me. "Certamente revistarão sua bagagem em Washing. Prometa que a conservará sempre consigo, mesmo à noite." Prometi.

Um homem veio apanhar o produtor de cinema mexicano que estivera escutando, com crescente perplexidade, minha conversa com Camilo. Esse "alguém" estava acompanhado por uma mulher horrível, uma venezuelana de cabelos pintados de vermelho que me pareceu estar obviamente à procura de Chuchu.

Escapamos naquela ocasião, mas no Panamá ninguém aparece uma só vez. Como uma peça com um elenco pequeno, os atores estão sempre reaparecendo em papéis diferentes. Tinha sido programado, no decorrer daquele entardecer confuso, que iria me encontrar com um refugiado peruano, mas o encontro foi cancelado no último instante, então sugeri a Chuchu que apanhássemos a mulher de Camilo para jantar, já que poderia estar se sentindo solitária sem ele. Mas, por alguma razão, Chuchu não conseguiu achar a casa de Camilo, embora tivéssemos estado lá várias vezes juntos, e por uma razão mais impenetrável ainda ele estava convencido de que María Isabel telefonaria para nós na casa do embaixador do Panamá na Venezuela — ou era o contrário: embaixador da Venezuela no Panamá? —, e o embaixador, tinha certeza, nos serviria um jantar tipicamente venezuelano, seja o que for que aquilo pudesse significar. É claro que María Isabel não nos telefonou, foi a horrível venezuelana quem apareceu (Chuchu tinha premeditado aquilo?), e o embaixador nunca nos convidou para jantar. Na verdade, não acho que ele tenha conseguido entender o que estávamos fazendo em sua casa. Então nos retiramos, cruzando, na soleira, com o produtor mexicano, que pareceu mais perplexo do que nunca ao nos ver, e Chuchu e eu fomos tomar uma sopa de galinha juntos no meu hotel.

Aqueles últimos dias no Panamá desenrolavam-se cada vez mais rápida e confusamente. Não via Omar havia alguns dias — era como se no passado ele estivesse dirigindo os acontecimentos e agora a desordem que envolvia um produtor de cinema mexicano e uma venezuelana e o lapso de memória de Chuchu proviesse de sua ausência. Tinha de acordar bem cedo na manhã seguinte porque Omar queria que eu voasse com ele até uma fazenda de búfalos (coisa curiosa de encontrar no Panamá) na aldeia montanhosa de Coclesito. A fazenda tinha sido iniciada por Omar, que construíra uma pequena casa nas proximidades, depois que fizera uma aterrissagem forçada de helicóptero em Coclesito e vira o isolamento desesperador e a pobreza dos habitantes. Suas pequenas propriedades tinham sido arrasadas por uma enchente na qual o filho do chefe morrera afogado. Nunca descobri de onde o General tirou a ideia de uma fazenda de búfalos. Fui apanhado por María Isabel, que se queixou amargamente de que Chuchu tinha feito uma confusão na noite anterior a respeito do meu encontro com o refugiado peruano. E por que cargas-d'água tínhamos ido à casa do embaixador venezuelano? Seria possível, perguntei-me, que fora porque Chuchu queria ver a horrível mulher novamente?

Chuchu estava no aeroporto esperando o avião militar que tinha requisitado, e com ele estavam alguns estudantes da Guatemala, Equador e Costa Rica com seus professores. Nossa viagem para ver os búfalos tinha sido planejada como uma viagem educacional, obviamente, mas esperamos e esperamos e nenhum avião chegou. Aparentemente o piloto, um oficial da Força Aérea, se ofendera por ter recebido ordens de um simples sargento. Depois de duas horas mandamos um recado para a secretária do General dizendo que era tarde demais para os búfalos, e todos nós marchamos para o Ministério da Cultura, onde se juntaram a nós os dois Ultras e o matemático sandinista Rogelio, e tivemos de suportar um filme em videoteipe longo e entediante sobre danças folclóricas do Panamá. Sempre detestei danças folclóricas desde que era criança, após ver homens de suspensórios dançando à moda Morris. (As danças, por alguma razão misteriosa, empolgavam particularmente suas esposas, que usavam vestidos de seda matizados comprados na Liberty.)

Na metade do filme Chuchu foi chamado para uma missão urgente. Um professor guatemalteco recomendado pelo decano da Universidade da Guatemala (aquele que tinha ficado muito bêbado com Chuchu em David) tinha aparentemente sido preso dois dias antes pelos G-2, acusado de tentar passar notas falsas de dólar no Continental Hotel.

María Isabel, os Ultras e eu fomos convidados pelo Señor Ingram, ministro da Cultura, depois do filme, para almoçar e enquanto estávamos tomando nossos coquetéis, Chuchu chegou com o reitor da Universidade do Panamá e o professor guatemalteco vindo diretamente da prisão, um homem alto, de cabelos ruivos e boa aparência, de origem ianque e alemã, que naturalmente parecia um tanto confuso pelo que lhe estava acontecendo. Não esperava essa súbita transferência de sua cela de prisão para tomar coquetéis e saborear um bom almoço no melhor restaurante do Panamá. Tampouco podia entender o que é que um escritor inglês estava fazendo lá, porque aparentemente tinha lido alguns dos meus livros e não confiava em mim. Contou-nos que tinha sido tratado com violência pelos oficiais do G-2 e tinha partilhado a cela com sete outros homens, incluindo dois estupradores — um tinha matado a garota que estuprara — e um parricida. Todos eles, porém, tinham sido muito simpáticos, e com seu conhecimento profissional o tinham ajudado a contrabandear uma mensagem para fora da prisão, uma mensagem que continha a recomendação do decano da Universidade da Guatemala. O General, quando a recebeu, decidiu que todo o caso era provavelmente uma trama da polícia guatemalteca contra o professor, que sabiam ser esquerdista, e ordenou então sua libertação, mas uma libertação discreta por intermédio de Chuchu, e achou mais sensato que o professor, ainda assim, retornasse à Guatemala depois de alguns dias de distração. O que mais tarde vimos do professor me deixou em dúvida se ele era tão inocente quanto proclamara.

Esse continuava a se mostrar um dos meus dias panamenhos mais confusos. Nada saía completamente certo, e logo comecei a me sentir tão perplexo quanto o professor guatemalteco e o produtor de filmes mexicano. Chuchu e eu tínhamos planejado jantar juntos alguma coisa mais substanciosa do que uma sopa de galinha. Ele me perguntou: "Você se importa se eu levar a garota magra (a mulher do bandido) para jantar? Quero dormir com ela hoje". Telefonou e eu o ouvi dizer que em cinco minutos estaríamos diante do edifício onde ela morava.

Passamos várias vezes em volta do edifício e ninguém apareceu. Fomos então para um café onde um grupo de reacionários estava bebendo e caluniando o General. Aproximei-me deles e discuti na direção oposta, enquanto Chuchu saiu e foi telefonar de novo. Voltou cabisbaixo. A voz de uma mulher estranha dissera que a garota estava dormindo, mas ele não podia deixar de se perguntar com quem.

Em vez disso jantamos então com Rogelio e Lidia e, é claro, o professor guatemalteco apareceu uma segunda vez — os sandinistas tinham concordado em lhe dar alojamento porque não queria ficar sozinho, já que ainda estava assustado com os G-2. Planejava regressar à Guatemala dentro de dois dias e tinha tomado providências para que muitas pessoas estivessem no aeroporto para esperá-lo, caso ele desaparecesse sem que ninguém soubesse. O decano da universidade estaria lá?, lhe perguntei. Ele achava que estaria.

No elevador, indo para meu quarto, fui cumprimentado de maneira muito amistosa por um oficial da Guarda Nacional. Mais tarde fui ter com Chuchu, que estava desconfiado de alguns oficiais da Guarda Nacional.

"Disse-me que era o coronel Diaz", lhe contei.

"O melhor dos homens depois do General", tranquilizou-me Chuchu.

Não iria vê-lo novamente durante cinco anos, e então ele seria o chefe de segurança e o General estaria morto.

VI

No dia seguinte o avião decolou realmente para Coclesito com os professores e estudantes. A pista de aterrissagem tinha apenas o comprimento suficiente para descermos. Estava extremamente quente, a aldeia estava metida na lama até os tornozelos, os búfalos eram tão desinteressantes como os búfalos sempre são, e a floresta cerrada estendia-se por toda a volta. As colegiais e os professores banharam-se no rio e alguns búfalos também tomaram banho. O rio parecia quase a ponto de transbordar novamente. A fazenda coletiva nos serviu um almoço realmente saboroso, mas nada havia, exceto água, para saciar a sede.

Visitei a igreja da aldeia. Estava em ruínas e havia galinhas passeando pela nave. Lembrei-me do que o General tinha dito a respeito de cemitérios negligenciados — aqui estava certamente uma igreja negligenciada, e eu pensei com severidade no arcebispo McGrath do Panamá. Teria tantas igrejas para cuidar na República que não podia visitar a aldeia onde o General tinha se dado o trabalho de construir uma casinha? Nenhum padre tinha visitado o lugar desde o ano passado. As pessoas esperavam ajuda do General e não da Igreja. Perguntei quantos dias de chuva havia na média anual. "O senhor não deve perguntar quantos dias de chuva", me disseram, "pergunte quantos dias sem chuva, e a resposta é quatro."

O jantar naquela noite, de volta à Cidade do Panamá, foi no apartamento de um refugiado brasileiro, e minha suspeita sobre Chuchu foi parcialmente confirmada porque ele chegou com a venezuelana horrorosa — estaria de novo enredado com sua ternura? Entre os convidados estava também um general peruano exilado que tinha sido presidente do Partido Socialista. Contou-me que no Peru tivera uma centena de tanques sob seu comando e poderia facilmente ter desencadeado um golpe, mas desistira e viera para o exílio por amor à "honra militar". Fiquei satisfeito ao pensar que aquela "honra militar" não atravessara o caminho de Omar Torrijos em 1968, ou provavelmente muitos daqueles refugiados não estariam vivos.

O tempo passava e eu sentia as mesmas emoções do ano anterior, uma mistura de ânsia de voltar para casa e pena de partir. Omar reservara para mim, como tinha prometido, uma passagem no Concorde de Washington a Paris, e providenciara meu passaporte diplomático panamenho. Ele agora estava encerrado na casa de Rory González escrevendo seu discurso para a assinatura do Tratado, e estaria inacessível nas próximas horas.

Tinha aprendido menos sobre ele do que no ano anterior, mas minha afeição havia aumentado. Estava começando a apreciar o que havia feito e o que tinha arriscado tentando concretizar seu sonho de uma América Central que fosse socialista e não marxista, independente dos Estados Unidos, mas não uma ameaça para eles. Sentia por ele o que sentiria por um professor, bem como por um amigo. Estava descobrindo através dele, mesmo quando ausente, alguns dos problemas da América Central.

Na véspera de partir para Washington, Chuchu e eu fomos ao aeroporto esperar Gabriel García Márquez, o romancista colombiano, que seria outro membro estrangeiro da delegação panamenha. Era um dia de chuva torrencial e seu avião estava definitivamente atrasado. Deixamos um recado dizendo que nos encontraria no restaurante peruano Pez de Oro, e só tivemos tempo para dois *pisco sours*, drinque que aprendera a apreciar no Chile, o Chile de Allende, antes que o telefone tocasse. O General estava me chamando com urgência.

Encontrei-o numa salinha na casa de González, debruçado sobre um manuscrito — seu discurso para Washington. Não havia nenhuma dúvida quanto à possibilidade de ser um discurso escrito por outra pessoa. De tanto corrigi-lo, sua caligrafia estava ficando quase tão ilegível quanto a minha.

"Estou nervoso", disse, "mas Carter está mais nervoso e isso me conforta um pouco." Contou-me a história de um oficial boliviano — por que boliviano? — entrando em ação. Achou que seus pés tremiam, então dirigiu-se a eles: "Filhos da puta, isto não é nada comparado com o que vão sentir mais tarde".

Estava triste porque Carter havia convidado os ditadores militares da América do Sul para a cerimônia de assinatura — Videla da Argentina, Pinochet do Chile, Banzer da Bolívia, Stroessner do Paraguai, o presidente da Guatemala. Teria preferido somente os líderes moderados da Colômbia, da Venezuela e do Peru que o haviam apoiado em suas longas negociações. Mas Carter tinha insistido em convidar todo o grupo, exceto Fidel Castro, a quem Omar receberia alegremente, mesmo que fosse apenas por seu sábio e irritante conselho de prudência que ao menos levara ao Tratado. Somoza, da Nicarágua, tinha recusado por estar totalmente ocupado com a guerra civil, e o Haiti seria representado apenas por seu embaixador.

Omar leu seu discurso para mim. Estava um pouco nervoso por causa da maneira maliciosa e divertida com que planejava começá-lo. Encorajei-o, mas não estava certo de que se manteria fiel ao seu admirável texto quando chegasse a Washington. Até acrescentei uma frase de minha autoria, mas, ai de mim, há muito não consigo lembrar aquele meu pequeno apontamento na História. Também pude lhe mostrar o ponto certo para encaixar uma boa ideia para a qual ele não conseguia achar um lugar e que estava prestes a abandonar.

Tenho uma vívida lembrança dele debruçado sobre aquele trabalho pouco familiar, preocupado e inseguro consigo mesmo. Estas são as reminiscências mais persistentes que tenho de Omar: o jovem principiante na arte de escrever que estava achando difícil a escolha de palavras; a visita à sua cidade natal, Santiago, balançando-se de um lado para o outro na varanda da casa do mecânico que tinha sido seu amigo de escola; e outra lembrança, que iria se fixar três anos mais tarde, de um homem cansado, talvez um pouco bêbado, dormindo com a cabeça no ombro de sua jovem amante, que recentemente lhe dera um filho.

Aquela noite era a última da minha estada no Panamá, e Chuchu e eu jantamos com Rogelio e Lidia. O professor guatemalteco voltara para seu país e levara consigo a peça bordada que eu tinha dado a Lidia na ilha San Blas, retribuindo a hospitalidade deles com um roubo mesquinho.

VII

NO DIA SEGUINTE, QUANDO VOÁVAMOS sobre Cuba, Omar mandou seus cumprimentos a Fidel pelo rádio, embora Carter tivesse se recusado a convidar Castro para ir a Washington. Omar era um homem leal aos seus amigos, mesmo quando não partilhava plenamente de suas opiniões políticas.

Descemos no escuro, às oito horas, no aeródromo militar fora de Washington. Uma guarda de honra de fuzileiros navais, o clarão das luzes de televisão, Vance, o secretário de Estado, esperando para saudar Omar no fim de um tapete vermelho longo e estreito, os dois hinos nacionais que pareciam continuar para sempre enquanto nós da delegação permanecíamos confinados juntos sobre o tapete — nunca tinha me imaginado chegando daquela maneira aos Estados Unidos, onde durante muito tempo haviam me recusado um visto por mais de três semanas.

Uma suíte de noventa dólares me esperava no Sheraton, com uma enorme sala de estar e uma gravura de Chagall retratando Vence, cidade vizinha à minha casa em Antibes, pendurada sobre a mesa. Vendo o quadro me senti solitário e ansiando pela França.

Omar e Chuchu estavam longe, na embaixada do Panamá, e eu tinha vontade de saber se algum dia os veria novamente a não ser a uma grande distância no salão onde o Tratado seria assinado. Desci para apressar a lenta chegada de minha bagagem, e era estranho para mim não ouvir outra coisa senão o inglês americano ao meu redor, já que agora estava acostumado com a fala espanhola. Fui para a cama infeliz naquela noite, tendo posto a carta de Camilo no bolso do pijama. Tentei o rádio — havia uma entrevista sobre aborto. Tentei outra emissora — era uma conversa limitada ao tratamento da água de esgotos. Dormir era melhor.

As coisas melhoraram no dia seguinte. Fui com García Márquez almoçar na embaixada panamenha e me encontrei de novo entre rostos familiares. Omar estava muito animado depois de um encontro com Carter. Carter lhe tinha perguntado como proceder com todos os ditadores que haviam convergido para Washington, e ele havia respondido: "Apenas lhes recuse quaisquer armas".

Teria sido nesse encontro que Omar sucumbira e chorara nos braços da esposa — Carter tinha descrito a cena em suas memórias — ou fora no dia seguinte, logo antes da cerimônia de assinatura do Tratado, na qual Omar parecia completamente calmo? Não fiquei surpreso quando li sobre suas lágrimas no momento em que o sonho que tinha perseguido por tanto tempo parecia estar prestes a se tornar realidade. A gente sempre percebia nele uma sensibilidade que ele reprimia austeramente, que precisava procurar alívio de tempos em tempos na companhia de um amigo em quem confiava (ele confiava em Carter), ou depois de muitos copos de Black Label. Então tal sensibilidade cintilaria num momento de autoexposição irrestrita, tal como quando lhe perguntei qual era o seu sonho mais frequente e ele respondera, sem hesitar um segundo: "A morte". Chuchu me contou alguns anos depois que vira Omar chorar muitas vezes, e talvez uma das razões pelas quais passei a estimá-lo fosse a completa ausência nele do macho latino.

Omar me contou que tinha se entendido bem com Jordan, o ajudante de ordens do presidente, e também com o vice-presidente Mondale, que possuía um bastão de beisebol que havia sido autografado para ele nos Estados Unidos por um famoso jogador panamenho. Mondale disse ao General, gracejando, que tinha pensado em lhe dar o bastão de presente, mas agora achava desaconselhável trazê-lo consigo para a Casa Branca porque poderiam considerá-lo perigoso por carregar um grande bastão*.

Esses foram os dias de lua de mel do Tratado que iria ser assinado no dia seguinte. O Tratado tinha passado pelo Congresso, e o General não tinha previsto completamente a maneira pela qual iria ser alterado pelo Senado após a assinatura. As duas assinaturas no documento lhe pareciam, como a todos os panamenhos, ser virtualmente o fim do caso. Quando mais tarde foram feitas sérias revisões pelo Senado, foi como uma traição. Na verdade, mesmo na Europa achamos difícil entender como os chefes de Estado podem manter encontros solenes para assinar um tratado que foi aprovado pelo Congresso e então vê-lo alterado pelo Senado depois da assinatura — todo aquele desfile de ditadores e delegações não significava nada afinal.

Houve duas manifestações nas ruas de Washington aquela noite. Uma contra o Tratado e outra contra a presença de Pinochet em Washington. García Márquez me convidou para ir com ele à manifestação contra Pinochet e, pouco disposto, não aceitei. Não acreditava que o povo americano fizesse distinção entre um general latino-americano e outro.

Durante a noite houve uma gigantesca recepção no salão da Organização dos Estados Americanos para os chefes de Estado e suas delegações, com fartos bufês, suficientes para mil convidados.

---

* Referência à "Política do Big Stick" de Roosevelt. (N.E.)

A custo havia lugar de pé nos dois primeiros pavimentos ao redor dos bufês, então a encantadora jovem panamenha que estava tomando conta de mim me levou para o segundo andar, onde não havia comida, e por isso havia espaço suficiente para circular. Lá eu tinha, também, reais possibilidades de encontrar pelo menos um dos ditadores. Dificilmente os ditadores estariam disputando comida ao redor dos bufês. Decidi que, se tivesse sorte de encontrar Pinochet, eu lhe diria: "Acho que temos um conhecido em comum... o dr. Allende".

Contudo, eu não avistaria Pinochet, mas estam lá Videla e o presidente guatemalteco, ambos em trajes civis, parecendo democráticos, e eu tomei meu lugar a poucos metros de distância de Stroessner do Paraguai, que também estava de terno. Eu o tinha visto antes em 1968 no Dia Nacional, em Assunção, quando estava usando um uniforme de general e estava de pé sobre um palanque para saudar os sobreviventes mutilados da desnecessária guerra boliviana, enquanto passavam em cadeiras de rodas e os coronéis permaneciam empertigados em seus carros como pinos numa pista de boliche. Agora, sem o uniforme, parecia mais do que nunca um corado proprietário de uma *Bierstube* alemã. Estava rodeado por um grupo subserviente que parecia prestar a máxima atenção a suas palavras, mas talvez estivessem representando um papel e fossem, na verdade, guarda-costas, para sua proteção. Pensei: se eu tivesse uma pistola e fosse suicida, como seria fácil livrar o mundo de um tirano!

Um homem estava passando por nós para se juntar ao grupo de Stroessner quando foi interceptado por minha acompanhante. Ela começou a dizer: "Este é um dos ministros do general Stroessner. Posso apresentar..." — cada um de nós estendeu a mão polidamente. "Este é o sr. Graham Greene..." A mão do ministro pendeu e deixou a minha se estender à procura dela no ar. "O senhor passou pelo Paraguai uma vez", acusou-me em tom furioso e foi se juntar ao seu general. Não pude deixar de me sentir um pouco orgulhoso porque aparentemente tinha conseguido provocar a antipatia de mais um ditador. Havia experimentado o mesmo orgulho em maior grau quando o dr. Duvalier publicou um panfleto no Haiti com o título bilíngue: "*Graham Greene démasqué*: Graham Greene finalmente desmascarado".

Com exceção do ministro de Stroessner, todas as pessoas da América Latina com quem falei naquela imensa reunião foram inesperadamente amistosas. Um escritor que viaja para longe de casa não espera cordialidade; é provável que seu trabalho antes ofenda do que agrade as pessoas. O fato de um estrangeiro escrever sobre o país deles sem a devida experiência é justificadamente ressentido pelos nativos. Fiquei feliz naquela noite por encontrar mexicanos que elogiaram *O poder e a glória*, e argentinos que elogiaram *O cônsul honorário*.

Na manhã seguinte recebi um telefonema do arcebispo McGrath do Panamá e concordamos em ir juntos à assinatura do Tratado. No carro me falou de uma oração que tinha escrito especialmente para a ocasião, caso fosse chamado para fazer uma invocação na abertura dos trabalhos. Até a recitou para mim e não pude deixar de pensar nas galinhas na nave da igreja em ruínas que ele nunca se dera o trabalho de visitar, mas na verdade nenhuma oração foi solicitada. Pareceu-me então um daqueles desagradáveis clérigos cujo tom de voz nunca muda e que sabe por antecipação exatamente quanto ou quão pouco quer transmitir. A igreja em Coclesito pertencia ao mesmo país, mas não ao mesmo mundo do arcebispo. O arcebispo estava acompanhado de um leigo que se parecia com seu nome — Quigley. Acho que um dia posso usar esse nome e, pensei eu, sabe Deus em que história.

VIII

Foi certamente um "grande espetáculo" a assinatura do Tratado do Canal. Sentamo-nos em grupos de países e o Panamá ficou ao lado do grupo senatorial dos Estados Unidos, com a Venezuela em nosso outro flanco. Nós, os panamenhos, éramos uma mistura, incluindo não só eu e García Márquez, porém mais adequadamente a mãe de um estudante morto pelos fuzileiros navais no grande distúrbio de 64.

Nunca tinha visto nada tão parecido com um comboio estelar desde *A volta ao mundo em oitenta dias*. Todos os atores conhecidos de todas as telas de televisão e fotografias de jornal pareciam estar lá — todos, exceto Elizabeth Taylor. Kissinger, antes que a delegação tivesse se acomodado em seus assentos, podia ser visto conversando no trajeto ao redor do salão da Organização dos Estados Americanos com seu vasto sorriso; cinco filas à minha frente podia-se ver Nelson Rockefeller sendo ardorosamente amável com Ladybird, como se ambos estivessem juntos num baile para dançar, e o ex-presidente Ford estava na mesma fila, mais louro do que o tinha imaginado pela televisão — ou teria ido ao barbeiro? Lá estavam também o sr. e a sra. Mondale, a sra. Carter... Duas filas à minha frente estava sentado Andy Young, reluzente e juvenil. Todos eles pareciam conscientemente modestos como os astros de *A volta ao mundo*, que tinham aceitado papéis secundários unicamente pela brincadeira em si. Não estavam lá para interpretar, apenas para serem notados, feito companheiros de festa passando uma noite juntos, satisfeitos por se sentirem em casa entre rostos cordiais — "Como, *você* por aqui?".

Os atores dos papéis importantes estavam sobre uma plataforma — uma cena desagradável, porém mais imponente do que a dos astros embaixo: general Stroessner do Paraguai; general Videla da Argentina, com o rosto espremido num espaço tão pequeno que mal havia lugar para seus olhos de raposa; general Banzer da Bolívia, homem um pouco assustado com um bigode irrequieto — ele estava fora do elenco e malvestido.

Lá estava também o ator do papel mais importante — o próprio general Pinochet —, o homem que você gostaria de odiar. Como Boris Karloff, ele realmente tinha alcançado o status da identificação imediata; era o único que podia olhar, com divertido desprezo, para os frívolos e bem pagos tipos de Hollywood abaixo dele. Seu queixo estava tão enterrado no colarinho que parecia que ele não tinha pescoço algum; tinha olhos inteligentes, jocosos, falsamente sociáveis, que pareciam nos pedir que não levássemos tão a sério todas aquelas histórias de assassinatos e torturas provenientes da América do Sul. Eu mal podia acreditar que apenas uma semana havia se passado desde que, no Panamá, ouvira a refugiada descrever, arrasada como uma baioneta tinha sido introduzida em sua vagina. Andando de um lado para o outro atrás dos ditadores estava o velho Bunker, a Geladeira, mantendo um olho ansioso em *seu* Tratado, lambendo os lábios secos. Parecia uma cegonha velha, muito velha, que adquirira feições humanas num livro infantil — a cabeça sobressaía a grande distância na frente do corpo.

Pinochet, tenho certeza, sabia o quanto dominava a cena — era o único contra quem o povo protestava nas ruas de Washington carregando bandeiras —, talvez não pudessem soletrar o nome de Stroessner e nem mesmo conseguissem lembrar o nome de Banzer. Pinochet estava discreto, não acenou para seu aliado Kissinger lá embaixo, e Kissinger nunca olhou para ele lá em cima. Então todos nos levantamos para os dois hinos quando Carter e o general Torrijos entraram para assinar o Tratado, um tratado fabricado e um tanto aviltado, já que tinha sido manuseado e alterado durante treze anos. Agora, no entanto, tive certeza de que eu não era o único que continuava a observar Pinochet. Como Karloff, ele não precisava falar — não precisava sequer resmungar.

Carter parecia miseravelmente infeliz. Fez um discurso curto e banal e quase inaudível das primeiras cinco filas para trás, apesar de todos os microfones. Mas, como panamenho temporário, senti orgulho de Omar Torrijos, que falou com uma voz bem diferente da de Carter, como uma lâmina cortando o silêncio. Para meu alívio ele começou o texto tal como o tinha lido para mim, abruptamente, sem o convencional "sr. presidente, excelências etc.", e por isso até os astros abaixo da plataforma começaram a escutar. Por um momento pareceu que ele estava atacando o próprio Tratado que estava prestes a assinar.

"O Tratado é muito satisfatório, imensamente vantajoso para os Estados Unidos e, devemos confessar, não tão vantajoso para o Panamá."

Uma pausa e o General acrescentou: "Secretário de Estado Hay, 1903".

Era um gracejo para pregar uma peça nos senadores que estavam lá em grande número e não estavam achando graça, mas era muito mais do que um gracejo. Torrijos estava assinando o novo Tratado com relutância; porque, como me tinha dito uma vez, era apenas "para salvar a vida de quarenta mil jovens panamenhos". Particularmente duas cláusulas do Tratado estavam atravessadas em sua garganta: a demora até o ano 2000 para o completo controle panamenho do Canal e a cláusula que autorizava os Estados Unidos a intervir, mesmo depois daquela data, se a neutralidade do Canal fosse ameaçada. Ele não ficaria, acho, inteiramente infeliz se o Senado se recusasse a ratificar o Tratado; partiria então para a simples solução de violência que tinha tido em mente com frequência, com desejo e apreensão, equilibrando-se como num encontro sexual.

Os Estados Unidos tinham sorte por estar tratando com Omar Torrijos, um patriota e idealista que não tinha uma ideologia formal, exceto uma preferência generalizada pela esquerda sobre a direita e desprezo por burocratas. Sua posição era difícil, porque era um homem solitário, sem o apoio de um partido político, e os velhos partidos continuavam a existir à sombra dele — o Democrata Cristão, formado pela burguesia que o detestava; o Comunista, que lhe dera, mesmo que só para a ocasião, um apoio tático; os grupos de extrema esquerda, que eram todos contra o Tratado (ironicamente mais ou menos pelas mesmas razões que o General). Podia confiar nos oficiais mais jovens da Guarda Nacional e podia contar com os Porcos Selvagens — e isso era quase tudo. De alguns oficiais mais antigos da Guarda se devia falar com mais cuidado. Se o tratado não fosse ratificado, o Panamá precisaria do General, e sua posição e popularidade estariam asseguradas. Se o Tratado fosse ratificado, o futuro do General e o futuro do Panamá poderiam ser muito mais duvidosos, e assim aconteceu.

Com a ratificação, mais de quatrocentos e oitenta quilômetros quadrados de imóveis valiosos seriam devolvidos imediatamente ao Panamá: bem como uma grande quantia de dinheiro. Muita gente estava prestes a encher os bolsos. Seus proprietários não estavam interessados no plano do General para alimentação gratuita nas escolas e leite grátis para todas as crianças, para a eliminação dos cortiços em Colón e na Cidade do Panamá, para um orfanato e um parque público de recreação para o pobre, que agora era condenado a passar suas horas de lazer em distritos pavorosos como Hollywood. Os proprietários de terras da Cidade do Panamá — e incluídos entre eles estavam alguns altos oficiais do Exército — provavelmente tinham outras ideias. A vida do General se o Tratado fosse ratificado seria um risco desagradável para uma companhia de seguros, porque ele não era homem que pudesse ser embarcado para Miami como um político. Não era de admirar que sonhasse tanto com a morte e que esses sonhos estivessem refletidos em seus olhos.

Havia outros oito generais do hemisfério Sul sobre a plataforma para ver Torrijos assinar aquele tratado de que não gostava, e acho que muitos manifestantes em Washington misturavam todos — todos eles eram generais, de certa forma todos eram ditadores, um protesto contra Pinochet era como um protesto contra todo o grupo. Omar estava bem consciente daquele perigo. Vinha desejando, como escrevi, que somente os líderes finais respeitáveis estivessem presentes, mas Carter havia insistido em convidar todos os membros da Organização dos Estados Americanos. A insistência de Carter fora um triunfo para Pinochet e um embaraço para Torrijos.

Após a assinatura do Tratado, Carter e Torrijos desceram da plataforma em direções opostas para cumprimentar os chefes de Estado. Um abraço é o cumprimento amistoso habitual na América Latina, mas percebi que Torrijos abraçou somente os líderes da Colômbia, da Venezuela e do Peru, e se limitou a um aperto de mão formal com os presidentes da Bolívia e da Argentina enquanto caminhava na fila em direção a Pinochet. Mas Pinochet também tinha notado aquilo e seus olhos brilhavam perversamente divertidos. Quando chegou a sua vez, agarrou a mão de Torrijos e atirou os braços ao redor de seus ombros. Se a câmera de algum jornalista tivesse disparado naquele momento, podia parecer que Torrijos tinha abraçado Pinochet.

No dia seguinte, antes de tomar o Concorde para Paris, falei com Chuchu pela última vez, conforme mais uma vez eu acreditara. Ele estava infeliz com o Tratado. Não era suficientemente bom e ainda havia o Senado... Falou-me em dar baixa da guarda de segurança e voltar para a universidade.

"Fique por seis meses", insisti com ele. "O maior perigo para Omar virá quando o Tratado for ratificado. Ele precisa de você. Não há mais ninguém em quem possa confiar." Chuchu ficou, mas de qualquer modo não tinha o poder de salvar Omar. Como me tinha dito no motel: "Um revólver não é proteção".

Voando para casa, disse um adeus final, como acreditava, àquele singular interlúdio em minha vida. Por dois anos Omar quisera um observador amigo enquanto lutava pelo Tratado. Agora o Tratado tinha sido assinado e qualquer utilidade que eu pudesse ter para ele estava ultrapassada. Não mais Omar, não mais Chuchu, disse a mim mesmo no Concorde, e o desconforto do avião combinava com meu mau humor. O comissário nem sequer podia trazer um pedacinho de queijo quando partimos em direção a Paris mais rápido do que o som.

"Só com um pedido especial."

"Este é um pedido especial."

Desencavaram um pequeno triângulo de Camembert rançoso.

No meu bolso, em segurança, estava a carta de Camilo.

PARTE III
1978

I

ESTAVA LÁ LONGE, EM ANTIBES, lendo só nos jornais sobre a guerra civil na Nicarágua. Dificilmente passava um dia sem um parágrafo que me lembrasse meus amigos sandinistas no Panamá. Então um dia, de repente, o Panamá e a Nicarágua chegaram inesperadamente a Antibes na pessoa do jovem matemático Rogelio. Estava telefonando da estação em Nice e estava a caminho da Itália. Aparentemente precisava de um visto para a Itália e não tinha, mas isso não o preocupava excessivamente. Afinal, tinha uma esposa italiana. A gente sempre pode conseguir coisas como vistos, disse-me pelo telefone, mas ele queria interromper sua viagem e ter uma conversa comigo.

Arranjei-lhe um quarto para a noite e jantamos juntos. Sentia-me faminto de notícias. Contou-me que Camilo tinha sido visto pela última vez em ação com um grupo sandinista que cruzara a fronteira da Costa Rica. Não havia sido uma incursão bem-sucedida porque eles haviam sido atacados por ar e não tinham armas antiaéreas. Agora Rogelio estava em missão para arrecadar dinheiro para armas. Deu-me o titular e o número de uma conta na Cidade do Panamá, caso eu conhecesse alguns simpatizantes ricos. Não havia problemas, disse-me, quanto a armas leves. Podiam apreender o suficiente da Guarda Nacional de Somoza. Era de armas antiaéreas que precisavam. Ai de mim! Eu tinha pouca utilidade para eles. Podia apenas mandar um pequeno cheque meu para o Panamá na esperança de que desse para comprar algumas balas, uma das quais poderia ajustar as contas com Somoza.

II

Passaram-se mais algumas semanas e outra voz familiar estava falando ao telefone, tarde, numa noite de julho.

"Onde você está, Chuchu?"

"No Panamá, é claro. Onde é que você queria que eu estivesse? Quando é que você vem? O General quer saber. A KLM tem sua passagem."

Fiquei muito surpreso com o convite e calculei às pressas.

"Nove e meia da manhã, 19 de agosto. Será que dá?"

Mas realmente quase perdi o avião.

Era dia 18 de manhã bem cedo e eu estava hospedado no Ritz em Londres a caminho de Amsterdã — o hotel estava naqueles dias em que alguma coisa sai sempre errada, o que era um dos motivos por que eu gostava dele. Escrever é na maior parte do tempo uma ocupação solitária e que não satisfaz. Fica-se preso a uma mesa, uma cadeira, um monte de papel. Só uma rígida disciplina me permitia prosseguir, e assim eu recebia com satisfação o inesperado que o Ritz sempre parecia estar pronto a fornecer — talvez salmão defumado servido no desjejum em vez de ovos, um passarinho adejando o dia todo ao redor da lareira, uma janela que não podia ser aberta ou então não podia ser fechada, um garçom egípcio que estava aprendendo a tocar bateria e que tentava beijar a garota da porta ao lado quando levava seu desjejum. Era assim nos bons velhos tempos antes que a Trafalgar House comprasse o hotel e pendurasse quadros abomináveis nos corredores e tornasse o serviço enfadonhamente confiável. De qualquer modo, na manhã do dia 18 de agosto parecia que as coisas tinham ido um pouco longe demais.

Acordei tossindo fortemente e acendi a luz, mas não pude sequer enxergar o outro lado do quarto através de uma fumaça que fedia abominavelmente e irritava a garganta. Olhei pela janela e depois apressadamente, e com a dificuldade habitual, fechei-a. Um edifício ao lado, que estava em construção, fora coberto com plástico e este tinha pegado fogo. Lá embaixo podiam-se ver bombeiros com lanternas e máscaras de gás. Seus gritos felizmente tinham me acordado. Abri a porta para o corredor, a fim de deixar a fumaça sair, e vi uma recepcionista entrando com um bombeiro. Ele se ofereceu para me mudar de quarto, mas, como a fumaça estava esmaecendo e eu estava com as bagagens prontas para o Panamá, preferi ficar onde estava, tossindo. A tosse me acompanharia durante as duas semanas seguintes até que eu voltasse para a Europa.

Mais tarde, naquele dia, tomei o avião programado, assim pensava, para Amsterdã — foi a primeira vez na minha vida que embarquei no avião errado, coisa difícil de acontecer com todas as checagens de bilhetes e cartões de embarque. Somente descobri que estava num avião errado quando um comissário anunciou que estávamos aterrissando, no horário previsto, em Roterdã. Acho que a fumaça deve ter influído um pouco em meu cérebro, assim como em minha garganta, e eu comecei a achar que as Parcas tinham se pronunciado contra o Panamá. A partida do avião em Amsterdã estava prevista para dentro de uma hora, mais ou menos.

Corri através do serviço de imigração e da alfândega e tomei um táxi, mas eu não tinha florins. Expliquei minha desagradável situação só depois que partimos. O motorista compreendeu.

"Que moeda o senhor tem?"

"Francesa", disse, "algumas inglesas e uns dólares americanos."

Escolheu os dólares e achei que iria perder um bocado no câmbio, mas não... ele se comunicou pelo rádio do táxi com uma agência de câmbio e obteve a taxa correta.

As Parcas deixaram de ficar contra mim. Apenas tomei meu avião — sem tempo de desfrutar a sala Van Gogh — e às nove da manhã no horário do Panamá (meia hora adiantado) fui recebido por Chuchu no novo aeroporto internacional, que eu estava vendo pela primeira vez. Chuchu tinha deixado seu carro no aeroporto nacional e trouxera seu aviãozinho (que tinha treze anos de idade, disse-me) para voarmos de volta até o carro. Tinha pouca confiança num poeta e professor como piloto e me perguntei se as Parcas teriam mais uma carta para jogar. Bernard Diederich, Chuchu disse, estava no hotel esperando por mim, e o General queria que fôssemos a Farallón, sua casa às margens do Pacífico, na manhã seguinte.

"Voarei com vocês dois", disse Chuchu. "Há lugar exatamente para dois passageiros no avião."

"Não podemos ir pela estrada?"

"Impossível. O General espera vocês lá pelas nove."

Não me parece que Diederich tenha gostado do voo da manhã seguinte mais do que eu. As condições atmosféricas no Panamá são imprevisíveis e a estação chuvosa se aproximava. Durante o voo Chuchu estava de humor filosófico. "Se merda valesse dinheiro", ponderou no meio do azul, "os pobres nasceriam sem cu."

Omar estava de cama, com febre, quando chegamos, mas logo se juntou a nós. Estava tranquilo e comunicativo enquanto descansava, como sempre gostava de fazer, em sua rede. Devo a Diederich o conteúdo dessa conversa, porque ele a gravou.

Depois da assinatura do Tratado do Canal, o ex-presidente Arias tinha sido autorizado a voltar para suas propriedades em Chiriquí, próximo à fronteira com a Costa Rica, e na sua chegada à Cidade do Panamá, dois meses antes, tinha falado para uma grande multidão, que fora atraída mais por curiosidade do que por simpatia talvez, no Parque Santa Ana. Tinha atacado Torrijos com uma virulência que pelo menos ajudava a provar que havia liberdade de expressão no Panamá.

Olhando para Omar enquanto me falava agora de sua rede, lembrei-me do discurso de Arias que eu tinha lido na noite anterior no avião. Arias havia traçado um retrato de Omar como um tirano que havia jogado seus inimigos de aviões e tinha torturado prisioneiros. Nenhum nome dessas vítimas "desaparecidas" jamais foi publicado em qualquer lugar, viúvas não tinham desfilado pelas ruas da Cidade do Panamá como haviam feito em Buenos Aires porque, é claro, os desaparecidos não existiam. Um dissidente político tinha apenas que atravessar a rua de um lado para o outro para obter segurança. Arias havia baseado seu retrato do Panamá de Torrijos em informações da Argentina de Videla e do Chile de Pinochet, enquanto descansava em sua casa segura em Miami. Em seu discurso tinha descrito Omar como um "psicopata que deveria estar num asilo de loucos", e naquele momento o "psicopata" estava lá em sua rede, discutindo seu futuro conosco animadamente.

"Vou fazer uma grande surpresa aos políticos. Estou delineando um sistema, um partido político, para sair. Eles pensam que estou planejando um sistema para ficar. Os políticos estão apontando suas armas na direção errada. Vão gastar sua munição e depois dirão: 'Mas o filho da puta é imprevisível'." Deu um sorriso travesso. "Tudo o que quero é uma casa, rum e uma garota."

"Como se a crueldade e infâmia do principal traidor não fossem suficientes", era o ex-presidente Arias quem agora estava falando em minha memória, "ele vendeu a pátria por algumas moedas exatamente como Judas vendeu Nosso Senhor Jesus Cristo, e procura em sua ignorância fugir da própria consciência entorpecendo-se com bebidas alcoólicas (talvez devesse ter acrescentado "Black Label, habitualmente, nos fins de semana") e narcóticos" (estes provavelmente seriam os bons charutos Havana mandados para ele por Fidel). "Não fiquem surpresos quando for encontrado pendurado em alguma árvore de seu próprio quintal."

Omar balançava-se para cá e para lá na rede com uma perna. Disse: "Nem mesmo sei se fiz bem ou mal. É como ir ao posto de gasolina. Você paga e a bomba volta ao zero. Cada vez que acordo, estou de volta ao zero".

Novamente estava escutando Arias: "Por quase dez anos estivemos no exílio, olhando de nosso humilde pátio na Flórida em direção ao Sul, na direção do nosso amado Panamá, refletindo e meditando, com uma única esperança e uma única súplica...".

Perguntei a Omar o que pensava de Arias. "É uma peça política arqueológica", disse Omar. "Você vê uma vez num museu, mas não se dá ao trabalho de olhar duas vezes."

Continuou: "Há um vácuo político aqui. A luta pelo Tratado do Canal nos deixou com essa sensação de vazio. Para preenchê-lo devemos nos voltar para o front interno. Devemos organizar um partido político para as eleições que vamos realizar. Sou pela social-democracia. Falei com Felipe González na Espanha, com a Colômbia e a República Dominicana. Apanhei essa droga de resfriado lá na inauguração de Guzmán. É claro que se Arias e a oligarquia retornarem ao poder, estamos em apuros". Riu. "Infringimos todas as leis da Constituição, a Constituição *deles*."

Seu novo partido iria se chamar PRD — Partido Revolucionário Democrático. A fundação seria anunciada oficialmente no dia 11 de outubro, décimo aniversário do seu golpe militar. Ao mesmo tempo a interdição dos outros partidos políticos seria suspensa; mas a interdição nunca tinha sido total. Significava apenas que durante as eleições cada candidato, fosse ele conservador, socialista, liberal ou comunista, disputava como candidato individual, sem um rótulo partidário.

Omar prosseguiu: "Sinto-me velho demais para falar do futuro". (Era ainda um homem nos seus quarenta anos.) "O futuro pertence à juventude. Um partido agora é necessário para mim porque estou cansado e aborrecido com a política — política nacional. Veja, quando as pessoas acham um líder, elas o matam de tanto trabalhar, como um camponês mata um boi bom de tanto trabalho. Os camponeses me falam com franqueza, e o camponês sabe se a gente está mancando mesmo quando a gente fica enrodilhado numa rede ou deitado coberto por um lençol."

Interroguei-o a respeito do Tratado. Sabia que estava amargamente desapontado com as emendas feitas pelo Senado e que fora criticado por sua própria esquerda. Disse: "Minha ideia sobre uma esquerda extremista é esta: quando eles deparam com a impossibilidade de fazer a revolução *deles*, fogem covardemente depois de planejar uma futura revolução que nunca se torna realidade. Neste país nem mesmo temos dois milhões de habitantes. Não há razão alguma para pagar um alto preço por uma reforma social. Se não é necessária, por que fazê-la? Não posso manter uma posição radical neste pequeno país".

Aludiu ao medo americano do comunismo em Angola. Falou: "A África é um risco mais para a vaidade do que para a segurança de vocês, disse a Andrew Young. Não há perigo na África. É um continente que ainda não descobriu uma personalidade. Daqui a cinquenta anos as pessoas atravessarão alegremente as estradas em pequenos Volkswagens e admirarão a beleza da selva e esquecerão os tratores que a selva consumiu".

Havia digerido seu desapontamento com o Tratado e tinha começado a minimizar sua importância. Disse: "Daqui a catorze meses eles nos darão dois terços da terra da Zona do Canal e receberemos trinta centavos, um aumento considerável, por cada navio que utilizar o Canal, até que assumamos o controle no ano 2000. Mais importante do que o Canal, porém, é o desenvolvimento do nosso cobre. Até agora só temos exportado bananas e soberania". (Com soberania referia-se à bandeira do Panamá e às empresas internacionais que sonegam impostos.) "Exportaremos cobre em 1983." (Essa foi uma profecia que não conseguiu se tornar realidade.) "Depois há nossa capacidade hidrelétrica. Logo teremos um quilowatt por habitante."

Voltamos à questão do Canal. "O Canal começou com catorze mil trabalhadores e ainda tem catorze mil. Não temos portos e, devido a isso, exportar nossos produtos nos custa dezessete dólares a tonelada. Quando tivermos o Canal, poderemos exportar mais. Temos uma nova fábrica de cimento que é prejudicada porque não podemos exportar. Não podemos instalar os pedágios do Canal mais adiante, então é nos flancos do Canal que devemos crescer."

Lembrei-me de que ele dissera aos estudantes no ano anterior que não iria substituir proprietários brancos por proprietários cor de café. Perguntei:

"Está para acontecer uma invasão de terras por lá?"

"Não, não", disse, "vamos ser cuidadosos com recursos da Zona. Não podemos mudar muito a terra. As florestas são necessárias para o abastecimento do leito do Canal."

Voltei para meu quarto na Cidade do Panamá e reli o discurso do ex-presidente Arias. "11 de outubro de 1968, um dia fatal em que uma traição satânica, inspirada por licenciosidade, ganância e inveja, assolou nossa areada terra, cobrindo-a de gemidos, dor e sangue..."

Pensei no "monstro", no "Judas" em sua rede, e pensei também no pescador que adquirira o hábito de caminhar regularmente pela praia nos fins de semana, passando pela guarda e bradando insultos de bêbado contra Omar sentado em sua varanda, mas ao retornar do passeio, sóbrio pela caminhada, ia embora em silêncio. Omar ficava encantado com esse ritual de fim de semana, especialmente quando era executado diante de convidados tão sérios e importantes como o sr. Bunker e a delegação americana. Perguntei-me como o presidente Arias teria reagido em seus dias de poder.

III

À NOITE TIVE UM MAU JANTAR NICARAGUENSE com meus amigos sandinistas e encontrei pela primeira vez o poeta padre Ernesto Cardenal, que é agora ministro da Cultura na Nicarágua. Achei-o talvez um tanto conscientemente carismático, com a barba branca, os cabelos brancos ondulados e a boina azul no alto, e parecia um pouco cônscio de seu próprio tipo romântico como padre, comunista e refugiado de Somoza, que tinha destruído seu mosteiro numa ilha do Grande Lago. Na noite seguinte nos encontramos de novo na casa de Camilo e María Isabel, numa festa de aniversário para um dos líderes da guerrilha sandinista, Pomares, cuja vida tinha sido salva por Omar. Fora capturado em Honduras e estava a ponto de ser deportado para a Nicarágua e para a morte certa quando o General interferiu.

Parecia uma festa estranhamente juvenil para um líder de guerrilha: havia um bolo de aniversário e todos cantaram "Parabéns a você", e os rostos eram quase todos conhecidos agora como rostos de família, e o velho padre Cardenal brilhava no fundo da cena como um avô, e o líder guerrilheiro apagou duas filas de velas, cada uma num sopro só, e achei que estava um pouco embaraçado com o bolo e as velas. Deu-me a impressão de um genuíno lutador cercado de amadores. Alguns dias mais tarde ele regressou à Nicarágua e foi morto em ação. Agora em Manágua o antigo quartel-general de Somoza, conhecido como "o Bunker", leva seu nome.

O padre Cardenal tentou me convencer a dar uma passada pela Nicarágua, mas não pude deixar de sentir que minha morte lá poderia resultar num presente cômodo demais para a propaganda. Cada um dos lados estaria habilitado a acusar o outro, e minha morte seria mais valiosa do que qualquer outro serviço que eu pudesse prestar, e muito possivelmente seria prestado ao lado errado. De qualquer modo, eu sabia que o General era contra a minha ida. Achava que a guerra civil estava chegando ao clímax. Assim preferi ser turista e no dia seguinte parti de helicóptero para a legendária cidade de minha imaginação, Nombre de Dios: uma pequena clareira, pequena demais para um avião descer, e uma aldeia indígena com algumas dúzias de choças. Nem mesmo um pedaço de uma parede em ruínas marcava o que uma vez fora um imenso porto como Vera Cruz, porto que Colombo chamara de Puerto de Bastimentos, Porto de Abastecimento, e que fora saqueado por Francis Drake — por descuido ele deixara para trás um bocado de lingotes de prata.

Quando regressamos ao Panamá descobrimos que a previsão do General sobre a guerra na Nicarágua de certa forma tinha sido confirmada. Houvera uma sublevação em Manágua, a capital, e o Palácio Nacional tinha sido tomado por um pequeno grupo de uma dúzia de sandinistas que mantinham mil deputados e oficiais como reféns e exigiam a libertação de seus camaradas que estavam na prisão.

Naquela noite um sonho me deprimiu tanto que acordei aborrecido e infeliz. Queria voltar para a Europa, não sabia por quê. Entretanto, uma coisa restava a fazer antes de ir para casa, e era a longamente adiada viagem a Bocas del Toro, tão pouco atraentemente descrita no *South American Handbook*, e Chuchu concordou em ir comigo no dia seguinte. Mas não era para ser. Todos os nossos planos foram mudados e ao mesmo tempo nosso ânimo foi levantado por Omar, que nos tirou do lugar onde estávamos jantando, um restaurante italiano que nunca tínhamos visitado antes. Seja como for, descobrira nosso paradeiro. Chuchu estava sendo chamado ao telefone.

Voltou excitado e, como eu, um pouco bêbado. O General estava mandando um avião militar para Manágua na manhã seguinte bem cedo — provavelmente às cinco — para buscar o comando sandinista, os prisioneiros libertados e alguns de seus reféns, e nós seguiríamos no avião. Deveríamos estar no aeroporto pelas quatro horas. A vida se tornara novamente interessante.

Na manhã seguinte chegamos ao aeroporto no horário, mas o avião tinha decolado uma hora antes, porque Chuchu não conseguiu entender, ou o telefone errou ao comunicar, a advertência do General para que passássemos a noite no aeroporto. Chuchu viu-se em desgraça. Disseram-lhe com firmeza que permanecesse "à disposição" — o que presumivelmente significava ficar em casa ao lado do telefone, numa espécie de prisão domiciliar. Quanto a mim, procurei matar um longo dia com leitura e sono, até que ele finalmente voltou a me procurar, tão deprimido quanto eu. Estávamos sendo convocados pelo General à casa de Rory.

Achamos melhor tomar primeiro alguns ponches de rum, preparados por Flor no bar Señorial, porque esperávamos uma repreensão severa. Mas nem sombra disso. Omar estava com grande humor. Tinha decidido me mandar com Chuchu numa missão a Belize para encontrar George Price, o primeiro-ministro. Isso fazia parte de sua decisão de ser meu tutor quanto aos assuntos da América Central, não apenas quanto aos assuntos do Panamá. Tinha começado a ficar amigo de Price — uma estranha amizade, porque os dois homens dificilmente poderiam ter índoles mais diferentes, embora em política ambos fossem socialistas moderados. A amizade começou quando o Panamá apoiou Belize contra sua inimiga, a Guatemala, nos Estados Unidos, e convenceu a Venezuela a fazer o mesmo — os únicos dois países latino-americanos a se opor à Guatemala.

O ministro do Exterior estava com o General e resumiu para nós a situação em Belize, onde a oposição dos conservadores estava contra a independência que Price buscava, uma vez que acreditava que poderia envolver a remoção de mil e seiscentos soldados britânicos que serviam como proteção contra uma invasão guatemalteca. Price quis permanecer na Commonwealth, mas teria preferido substituir as tropas da Commonwealth por soldados britânicos. A Guatemala poderia ser satisfeita com a cessão de uma pequena faixa de território dando acesso ao mar, em sua fronteira do Norte, mas depois o México não iria exigir o mesmo? Nesse caso, o que restaria de Belize?

"Você gostará de Price", disse-me Omar. "É um homem que age de acordo com seu coração. Queria ser um sacerdote, não um primeiro-ministro."

Pela manhã, antes que começasse a habitual confusão panamenha em torno da nossa viagem, fui visitar o comando sandinista e os presos libertos, entre os quais estava Tomás Borge, que agora é um bom amigo meu, na base militar de uma unidade chamada Os Tigres. O líder do comando, Eden Pastora, tinha um rosto bonito de astro de cinema e estava sendo entrevistado para a televisão americana por um jornalista particularmente estúpido. "É verdade que Carter lhe escreveu uma carta? Quando é que você vai voltar para a Nicarágua?" As luzes faiscavam e as câmeras rodavam. Foi talvez naquele momento, quando ficou consciente da audiência de milhões, que começou a corrupção de Pastora, e por isso quatro anos mais tarde ele se voltou contra seus camaradas sandinistas. Depois da vitória eles iriam nomeá-lo comandante da milícia de aldeões que estava sendo treinada em autodefesa, uma espécie de guarda doméstica, mas não comandante do Exército; foi nomeado vice-ministro da Defesa e não o ministro e, contudo, sua extraordinária façanha de tomar o Palácio Nacional com um punhado de homens tornara-o mais famoso fora da Nicarágua do que Daniel Ortega, o chefe da junta, Humberto Ortega, o comandante do Exército, ou mesmo Tomás Borge, agora ministro do Interior.

Inevitavelmente devem ter havido muitas vaidades feridas quando a guerra civil terminou, e as duas vaidades que mais prejudicaram a causa sandinista mostraram ser as de Pastora e a do arcebispo Obando. (O arcebispo tinha negociado os termos de libertação dos reféns com Somoza e, para garantir a segurança do comando, estava no mesmo avião que trouxe Pastora para o Panamá.)

Agora iria acontecer o que eu mais ou menos esperava, tudo o que tinha sido planejado para nossa visita a Belize começava a dar errado. Camilo me telefonou à noite para dizer que Chuchu, afinal de contas, não poderia ir comigo. Um francês que eu não conhecia tomaria seu lugar. Fiquei aborrecido (suspeitei, injustamente, de uma interferência sandinista) e disse a Camilo que preferia voltar para a Europa. Tinha estado tempo suficiente longe de lá. Camilo pareceu concordar e disse que me apanharia na manhã seguinte e me levaria à KLM para comprar a passagem, mas na manhã seguinte foi Chuchu quem me telefonou.

"Que aconteceu ontem à noite para mudar nossos planos?"

Disse-me que ficara um pouco bêbado e não conseguia se lembrar de nada.

"E esse francês que querem mandar comigo?"

Francês? Não sabia nada sobre um francês. O General pretendia me mandar aquele dia num avião especial com uma mulher que tinha sido cônsul nos Estados Unidos. Eu a conhecera durante o aborrecido almoço na fazenda de iúca em 1976 e particularmente tinha antipatizado com ela.

"Não irei para Belize com ela. Vou voltar para a Europa."

"O General ficará desapontado. Ele quer muito que você vá a Belize."

"Tudo bem. Então irei num voo comercial, mas hoje é muito tarde e tenho de me encontrar com García Márquez no aeroporto."

Levamos García Márquez ao Señorial para provar os ponches de rum de Flor, e Márquez telefonou para o embaixador cubano, que nos convidou os três para almoçar no Pez de Oro — parecia um restaurante um tanto inadequado para um embaixador comunista escolher, e de fato ele não apareceu. Esperamos mais de uma hora e então García Márquez e eu tiramos cara ou coroa para ver quem pagaria o almoço, e eu ganhei. Enquanto isso Chuchu tinha telefonado para o General — às vezes eu pensava na Cidade do Panamá como um vasto cruzamento de linhas telefônicas e uma miscelânea de vozes contraditórias. O General, contou-me Chuchu, tinha dito que Price estivera esperando por nós aquele dia em Belize.

"E aquela mulher, a ex-cônsul?"

"Ele não disse nada sobre ela. De qualquer modo, é muito tarde para fazer alguma coisa hoje."

A caminho de casa vi um soldado levando um tigre — ou era um leopardo? — numa corrente. Uma mascote dos Tigres?

Também não conseguimos viajar no outro dia porque presumivelmente eu deveria me encontrar com alguns estudantes da oposição num café, mas eles, como o embaixador cubano, nunca apareceram. Provavelmente deixaram de acreditar em mim desde que souberam que eu era amigo de Omar. Só o Ultra com o bigode curvado, chamado Juan, chegou inesperadamente com sua bela esposa, e Chuchu logo se juntou a nós. Descobri que Juan, como Rogelio e Chuchu, era professor de matemática. Parecia-me que estava cercado por matemáticos. Almoçamos mal num restaurante chinês, depois de ponches ruins no Holiday Inn onde um oficial da Marinha americana estava comemorando por sua conta o fato de ter se tornado bisavô. O voo para Belize, Chuchu me disse, estava arranjado, mas nós tínhamos de sair bem cedo, e, me lembrando do fracasso em tomar o avião militar para Manágua, fiz a esposa do Ultra prometer que acordaria Chuchu.

Ela não me desapontou. Às 5h15 levou Chuchu e eu para o aeroporto. A viagem para Belize foi demorada, com escalas em

Manágua, San José e San Salvador, onde a pista de pouso parecia atravancada de aviões de caça. Eu estava um pouco nervoso porque Chuchu descobrira pouco antes de tomarmos o avião que seu passaporte estava vencido havia dois anos e ele não tinha visto para Belize. Entretanto, estávamos em missão a mando do General, então tudo estava bem.

Fomos recebidos e levados de carro para a cidade que, pobre como é, tem um encanto fora do comum, com casas de madeira sobre estacas de mais de dois metros no alto de ruas encharcadas e pântanos ao redor. Talvez o encanto venha do sentimento do efêmero, do precário, de viver à beira da destruição. A ameaça não vem só da Guatemala, a ameaça vem também do mar, que parece ser calmo, balançando-se tranquilamente, como uma força de guerrilha que um dia ocupará a cidade como quase fez em 1961, quando o furacão Hattie provocou uma onda enorme de cerca de três metros e meio.

A época dos furacões estava se aproximando e havia cartazes nas paredes que lembravam os dias de Blitz em Londres e a ópera de Kurt Weill *Ascensão e queda da cidade de Mahagonny*.

Precauções contra furacões, 1978

AVISO AO PÚBLICO EM GERAL
CIDADE DE BELIZE

FASE I
1 bandeira vermelha — *Advertência preliminar*

FASE II (Vermelho 1)
1 bandeira vermelha com centro branco — *Furacão se aproximando*

FASE III (Vermelho II)
2 bandeiras vermelhas com centro preto — *O furação atingirá a costa dentro de algumas horas*

FASE IV
Bandeira verde — *Tudo calmo. O furacão passou. Planos de busca e salvamento podem ser acionados*

Uma longa relação de nomes foi dada às temporadas de furacões, muitos deles bem sem graça — pergunto-me: quem os escolhe? Para essa temporada havia Amelia, Bess, Cora, Debra, Ella, Flossie, Greta, Hope, Irma, Juliet, Kendra, Louise, Martha, Noreen, Ora, Paula, Rosalie, Susan, Tanya, Vanessa, Wanda. Fiquei contente porque minha estada era curta. Possivelmente só Amelia me dizia respeito: certamente não teria de esperar até que Vanessa e Wanda tivessem passado.

Comecei a entender, ou assim pensei, o motivo da afeição de Omar por George Price e sua cidade ameaçada. Era como se Belize formasse uma parte essencial do mundo que Torrijos tinha escolhido para viver, um mundo de confrontos com poderes superiores, de perigos e incertezas sobre o que o dia seguinte traria: no caso de Belize, uma invasão da Guatemala ou um furacão vindo do Atlântico. A única certeza de um dia para o outro era o que teríamos para almoçar — uma salada de camarões, a única espécie de alimento comestível que pudemos encontrar em Belize.

Depois que os camarões acabaram, fomos levados de carro a Belmopan, a nova capital administrativa que tinha sido construída fora da zona dos furacões. Lembrou-me uma minúscula Brasília, e da mesma forma que Brasília, destinada um dia a ser tão sem vida como Washington, sem a beleza desta.

Em seu gabinete Price me pareceu um homem cauteloso, reservado, com um toque de humildade constrangida que a gente encontra com frequência em sacerdotes, como se estivessem sempre questionando a autenticidade de sua própria sinceridade, mas na longa viagem que veio a seguir num velho Land Rover — seu único carro — ele começou a falar obsessivamente, feito um homem que tinha estado faminto de autoexpressão durante muito tempo, de teologia, de literatura, de sua própria vida. Compartilhava de meu interesse pelo jesuíta Teilhard de Chardin, que tinha sido silenciado pela nossa Igreja, e por Hans Küng, e de minha admiração por Thomas Mann. Nós até mesmo dividimos nossa preferência maior de *Lotte em Weimar* a *Montanha mágica*.

Levou-nos através da fronteira da Guatemala, passando por fazendas menonitas, onde vimos rostos alemães austeros, fechados, nenhuma liberdade para as mulheres de lá, nenhum casamento com pessoas fora do grupo, e paramos nas enormes ruínas maias de Xunantunich, onde Chuchu tentou, mas dessa vez sem êxito, comunicar-se com seus ancestrais. Nós o deixamos a sós por algum tempo, emitindo estranhos ruídos contras as pedras enormes e indiferentes.

"Alguns anos atrás escrevi uma carta para o senhor", disse Price.

Procurei lembrar o possível motivo pelo qual o primeiro-ministro de Belize poderia ter se comunicado comigo, mas minha memória estava tão silenciosa como os templos maias.

"Perguntei-lhe o que havia na 'Valise'."

"A valise" era o título de um conto que eu escrevera muitos anos antes. Estava envergonhado por pensar em quantas cartas como aquela, sem resposta, jogara no cesto de lixo, então me senti aliviado quando Price disse:

"Fiquei tão satisfeito por receber uma resposta."

"Que foi que eu disse?"

"O senhor escreveu que nada havia na valise."

Imagino que foi o exótico endereço em Belize que me levou a responder, porque o nome George Price não poderia ter significado nada para mim naquela época. Mais de dez anos iriam se passar antes que me encontrasse envolvido por Omar na política da América Central. Era curioso imaginar como uma resposta trivial como aquela me granjeara um amigo, porque no decorrer daquela viagem até a fronteira da Guatemala, e na volta, senti que tinha conquistado a sua amizade.

Prezo essa amizade, porque ele é hoje um dos líderes políticos mais interessantes do mundo, governando uma paróquia de mais ou menos cento e quarenta mil habitantes que reúne crioulos, alemães, índios maias, caribenhos negros, árabes, chineses e pessoas de língua espanhola refugiadas da Guatemala.

Escrevo "uma paróquia" porque é assim, acredito, que George Price pensa em Belize. Price é católico romano em religião e socialista em política, para a qual ele nunca pretendeu entrar. Sua ambição era ser padre. Depois da escola entrou para um seminário e só abandonou os estudos lá porque seu pai morreu e deixou uma grande família cuja subsistência ele teve de prover. Ainda vive como um padre deve viver, solteiro, em uma das casinhas assentadas em cima de estacas na Cidade de Belize. Volta de Belmopan para lá todos os fins de tarde e vai para a cama o mais tardar às nove horas, porque levanta cedo, às cinco e meia da manhã, para a missa e a comunhão diária, e às oito e meia está de volta à sua mesa de trabalho na nova capital. Contou-me o mesmo sonho que havia contado a V. S. Naipaul quando este visitara Belize: em seu sonho assistia com inveja e indignação a um padre que ele sabia ser um velho depravado celebrando a missa e consagrando a hóstia — um ritual que era proibido para ele.

Enquanto viajávamos através de Belize, eu me lembrava a toda hora do padre que vivia no âmago de Price. Seus acenos assemelhavam-se muito a uma bênção, e parava o velho Land Rover sempre que um índio ou um negro lhe pediam carona. Era exatamente o oposto dos agricultores menonitas que olhavam nossa partida, desaprovando com uma carranca nossas maneiras infiéis.

Na fronteira, em espanhol, um sinal desafiador da independência de Belize — *Belice Soberano Independiente* — opunha-se a outro letreiro guatemalteco em inglês, *Belize is Guatemala*. Atravessar a fronteira comigo, entrar na alfândega guatemalteca e bater um papo com os oficiais, que o receberam como a um velho amigo, divertia Price.

A caminho de casa passamos por Orange Walk Town, pouco mais que uma aldeia, mas possui cinema e mais de um hotel, e Price estava planejando realizar lá um festival internacional de cinema porque ficava em segurança, fora da área dos furacões. Disse-me que pretendia convidar astros internacionais famosos, mas duvido que esse seu sonho tenha se tornado realidade. Surpreendi-me imaginando os astros sentando-se imponentemente para uma refeição de camarões antes de se apresentarem no cinema, que talvez tivesse lugar para duzentas pessoas.

Na passagem sobre o rio Novo um camponês nos parou para dizer que seu rádio tinha uma péssima recepção, e Price tomou nota. Tomou muitas notas semelhantes, e entre uma e outra retomamos o tema de Hans Küng sobre a infalibilidade e o tratamento dado a Goethe por Thomas Mann.

Naquela noite na Cidade de Belize, Chuchu e eu jantamos uns camarões ruins num pequeno café perto da praia e escutamos os gritos zangados de um locutor negro nas ruas abaixo. A princípio pensamos que fosse uma concentração da oposição conservadora — nós os tínhamos visto ao redor da cidade guiando jipes com bandeiras britânicas —, mas estávamos errados. Era uma concentração religiosa e o locutor estava expressando seu ponto de vista sobre a moralidade da família, dizendo como maridos erradios eram a maldição de Belize. Parecia um casto, distante da sofisticação do Panamá.

Mas no dia seguinte, nas páginas da imprensa local, o mundo surgiu de repente — tinha havido uma tentativa de golpe na Nicarágua, doze militares e mais de cem civis tinham sido presos. Somoza estava ameaçando fuzilar os golpistas e o *Repórter*, jornal da oposição em Belize, escreveu sobre um "pretenso escritor chamado Green", que tinha sido mandado por Torrijos para visitar seu camarada comunista Price por razões que eram desconhecidas e certamente sinistras.

Chuchu e eu lemos o relato de nossa missão quando voltamos de Corozal, uma cidadezinha do Norte próxima à fronteira mexicana. Price me contara como o dr. Owen, então secretário do Exterior britânico, e o alto comissário britânico em Belize estavam ansiosos por negociar uma solução com a Guatemala através da cessão de uma fatia de terra chegando até o mar. "Como é que um pequeno país de cento e quarenta mil habitantes pode 'negociar'?", perguntou. "Podemos apenas nos opor ou ceder." Se deixassem a Guatemala comer um pedaço do bolo, o México certamente exigiria uma parte também, lá em Corozal, e pouco sobraria para Belize. Rumores de petróleo em alto-mar, com frequência sem fundamento, só aumentavam o perigo.

No dia seguinte Chuchu e eu devíamos partir para a Costa Rica, onde Chuchu tinha um encontro marcado com um líder sandinista. Antes de partir nos reunimos na orientação semanal do primeiro-ministro, na Cidade de Belize, e o vimos se ocupar com os problemas de seus eleitores. Uma velha camponesa queixava-se amargamente de uma casa com vazamentos que estava em reparos, e um policial foi chamado para confirmar sua história. Price prometeu um conserto imediato e ela bateu palmas e disse que faria uma festa na casa nova para comemorar.

Antes de irmos para o aeroporto comemos um almoço típico de Belize — nenhuma outra escolha a não ser entre camarões e hambúrgueres —, e foi a negligência, ou o demônio de Chuchu, não o álcool, que nos levou, pela segunda vez em minha vida, a tomar o avião errado, e assim nos vimos pousando em San Salvador com muitas horas para aguardar uma conexão. Esperamos com toda a paciência que pudemos reunir — nada conseguiria nos afastar da segurança do aeroporto, e eu rezei para que a fisionomia de Chuchu fosse estranha a todas as pessoas ao nosso redor, e sua ligação com os rebeldes sandinistas, desconhecida.

Chuchu desdenhava a Costa Rica, único país da América Central sem um Exército, embora fosse muito convenientemente situado para suas atividades clandestinas e ele várias vezes tivesse passado armas para os sandinistas na sua fronteira com a Nicarágua com o auxílio de seu avião de segunda mão. Ele ficava até mesmo irritado, acho, pela facilidade e pela segurança de suas operações. De qualquer forma, durante muito tempo ele estivera para me mostrar a Costa Rica, a fim de que eu pudesse entender e compartilhar de seu desdém.

Certamente achei San José uma cidade melancólica sob a forte chuva, e fiquei impaciente com um dos dúbios contatos de Chuchu que insistiu em nos levar de nosso hotel para um pequeno restaurante de sua preferência no outro lado da cidade, onde nos sentamos molhados diante de uma refeição tão ruim quanto qualquer outra em Belize. A Costa Rica tem sido chamada frequentemente de Suíça da América Central — uma calúnia contra a Suíça.

Na manhã seguinte Chuchu fez seu contato num café com um homem alto, moreno, sério, que chegou acompanhado de uma garota muito atraente a quem me parecia ter encontrado no ano anterior no Pombal com outros refugiados. A garota e eu conversamos brevemente numa mesa distante da de Chuchu e seu companheiro, o suficiente para que eu não pudesse captar uma palavra da sua discussão. Iria encontrá-los novamente mais de quatro anos depois, em Manágua — comandante Daniel Ortega, principal membro da Junta Nicaraguense, e sua esposa, Rosario.

Naquela tarde voltamos para o Panamá e dois dias mais tarde, depois de contar a Omar sobre nossa visita a Belize, houve outro último adeus a Chuchu no aeroporto, antes que eu tomasse o avião da KLM para Amsterdã. Naquele último encontro com o General não havia nada, na verdade, para contar — exceto minha simpatia por Price e meu desagrado pelos seus inimigos conservadores com suas acusações absurdas, sua violenta oposição à independência e sua falsa lealdade à bandeira britânica.

Uma das qualidades cativantes de Omar era seu desejo de ouvir o que os outros pensavam sobre as personalidades com quem tratava. Não ficou ofendido com minha suspeita sobre seu chefe do Estado-Maior, coronel Flores — simplesmente a levou em consideração. Na verdade, ele tinha um respeito exagerado por essa intuição do caráter humano que talvez seja inerente a um escritor imaginativo, e ficava animado quando García Márquez ou eu gostávamos do mesmo homem ou da mesma mulher de quem ele gostava. "Que é que você acha do fulano?" Era uma pergunta que lhe vinha facilmente aos lábios. Era leal para com seus amigos — para com Tito, que via como um tipo paternal, para com Fidel Castro, que tinha travado o tipo de guerra que ele desejava travar —, e a opinião dele não se alteraria com nada que se pudesse dizer, mas ficava feliz se a sua opinião coincidisse com a dele. Assim, estava contente por eu ter gostado de George Price, e talvez fora a única razão pela qual nos mandara até Belize, para que um amigo pudesse conhecer o outro.

PARTE IV
1979 E 1980

I

EM 1979 A GUERRA CIVIL NA NICARÁGUA caminhava para um fim, Somoza fora derrotado e fugira do país, e os sandinistas estavam finalmente no poder. Não havia razão para que o telefone tocasse novamente me chamando para o Panamá.

Entretanto, por mais que sentisse falta de meus amigos Omar e Chuchu, havia boas razões para que eu ficasse na minha casa na França: em março eu estava num hospital tendo parte de meus intestinos removida, e acontecimentos quase simultâneos irromperam em minha vida particular e na de meus amigos e me levaram a escrever um panfleto intitulado *J'Accuse*.

Meu campo de batalha agora estava na França, não na América Central; a luta era em nome de uma jovem mãe, filha de meu maior amigo, e seus dois filhos pequenos. A violência estava na minha própria porta e não lá longe, no outro lado da fronteira, e eu não tinha tempo para me preocupar com a política da América Central. Também, durante meses após a minha operação, eu era um homem cansado que precisava racionar as forças que tinha, e não podia enfrentar um longo voo para o Panamá.

Ainda assim, se alguém toma um partido, toma um partido aconteça o que acontecer. Eu não iria escapar do meu envolvimento tão facilmente assim. Não podia ir para o Panamá, mas foi o Panamá que mais uma vez veio até mim. À uma hora da madrugada do último dia de abril o telefone me acordou, e foi a voz de Chuchu que falou comigo:

"Graham, pensei que você não estivesse aí."

"Estava dormindo profundamente, Chuchu. Onde é que você está?"

"No Panamá, é claro. Tenho um recado do General para você. Está mandando alguém procurá-lo. Chegará a Antibes nos próximos dias. O General quer muito que você fale com ele."

"Que dia chegará?"

"Não sei. Saiu do Panamá. Acho que agora está no México. Ontem o General perguntou quando é que você vem ao Panamá."

"Não posso, Chuchu. Não este ano. Tenho estado doente e tenho problemas aqui. Não posso me afastar."

"Mas você receberá o mensageiro?"

"Claro."

Dois dias mais tarde, quando estava me preparando para ir para a cama, o telefone voltou a tocar. Uma voz me disse que o interlocutor tinha um recado do General para mim, e marquei um encontro com ele para a manhã seguinte. Quando chegou, reconheci-o como o jovem que eu já tinha visto uma vez em companhia de Omar. Perguntou-me se eu tinha lido nos jornais de mais ou menos um mês atrás sobre o sequestro pelos guerrilheiros de dois banqueiros ingleses em El Salvador.

"Sim, eu me lembro."

"O General teme que estejam correndo risco de vida. Parece que o banco perdeu todo contato com os guerrilheiros. Ele quer que você fale com a matriz dele em Londres e lhe diga que os guerrilheiros estão dispostos a abrir mão de duas das suas condições. A primeira, que seis do grupo deles sejam libertados da prisão. Agora eles têm certeza de que os homens estão mortos. Estão dispostos a esquecer a segunda condição também, quanto ao comunicado a ser publicado nas imprensas local e internacional. Só a terceira permanece, uma questão de dinheiro. Você não pode contar a fonte da sua informação ao banco.

"Mas que banco?"

"O Bank of London."

Eu ouvira falar do Bank of England, mas não do Bank of London. "Você tem certeza do nome?"

"Sim, sim. O assunto é muito urgente."

Nunca fiquei tão grato ao meu exemplar do *Whitaker's Almanack*. Com sua ajuda identifiquei o banco a que se referira como Bank of London and Montreal, uma filial do Lloyds International, com sede em Nassau. Ainda assim me senti desnorteado nesse mundo bancário.

"Gostaria de voltar às seis e meia e jantar comigo?"

Lembrei-me de que meu sobrinho Graham, diretor-gerente da editora Jonathan Cape, pertencia ao ramo bancário da família Guinness e, por sua recomendação, me vi conversando com um sr. W, que estava tratando do caso do sequestro. Foi uma conversa embaraçosa e hesitante.

"Como é que o senhor sabe de tudo isso?"

"Tenho uma fonte muito segura, mas não estou autorizado a lhe dar o nome."

O silêncio na linha parecia carregado de uma suspeita muito justa. Minha casa em Antibes e minha profissão de romancista devem ter parecido ao sr. W estranhamente distantes de um caso de sequestro em El Salvador.

Procurei parecer mais convincente.

"Veja, durante os últimos três anos tenho passado um bocado de tempo na América Central. Tenho contatos muito dignos de confiança."

"Por que é que acha que eles estão abrindo mão dessas exigências?"

"Acho que talvez não queiram matar os homens."

"Esta tem sido a nossa impressão também", replicou a voz meio seca do sr. W.

"Devo concluir que o senhor perdeu contato com os guerrilheiros?"

"Sim."

"Deram-me um número de telefone na Cidade do México. Se o senhor ligar..."

Quando o jovem voltou naquela tarde lhe contei o que se passara. Levantou as mãos para o ar e disse com satisfação:

"*Mission accompli.*"

"Quer telefonar para o Panamá?"

"Não, mas se o senhor não se importa, vou telefonar para o México."

Alguns momentos depois baixou o fone e disse:

"O banco já fez contato."

Ao jantar sugeri que poderíamos nos encontrar na manhã seguinte, antes que ele tomasse o avião de volta, e eu lhe mostraria a velha cidade de Antibes. Concordou, mas nunca voltou. Telefonei para seu hotel, mas ele já estava no caminho de volta para a América Central, e algumas semanas mais tarde os banqueiros estavam em liberdade. Por algum tempo acalentei a sôfrega esperança de que talvez pudesse receber do Lloyds International pelo menos uma caixa de uísque em troca do misterioso número de telefone, mas a esperança logo se desvaneceu. Provavelmente os diretores pensavam que eu tinha recebido dos guerrilheiros uma comissão sobre o resgate de cinco milhões de dólares, que suponho que pagaram.

Não sei como ou quando fiquei sabendo por acaso o nome do contato na Cidade do México — era o nome de meu amigo Gabriel García Márquez. García Márquez, parecia, estava tentando organizar na América Central um equivalente da Anistia Internacional.

Estive ocupado todo aquele ano com minha guerra particular e estava terminando com dificuldade uma novela, *Doctor Fischer of Geneva*; assim, quando o verão chegou e Chuchu estava outra vez ao telefone perguntando quando eu chegaria ("O General quer saber"), apenas pude responder: "Não este ano. Eu lhe disse que é impossível. Claro que eu gostaria de ir. Talvez o ano que vem…".

II

FOI EM JANEIRO DE 1980 — novamente estava me preparando para deitar — que o telefone tocou e uma voz de mulher disse: "O sr. Shearer quer lhe falar". Eu estava com sono e achei o nome parecido com o daquele produtor de cinema que conhecera uma vez, mas foi uma voz estranha que entrou na linha.

"Sr. Greene?"

"Sim, mas desculpe, quem é o senhor, sr. Shearer?"

"Sou o encarregado de Assuntos Sul-Africanos em Paris. Achamos que o senhor poderia ser capaz de nos ajudar."

"Ajudá-los?"

"Talvez o senhor tenha lido nos jornais que nosso embaixador, o sr. Dunne, foi sequestrado em El Salvador alguns meses atrás. Não conseguimos entrar em contato com os sequestradores. Achamos que o senhor talvez possa nos ajudar."

"Ajudá-los?", repeti. Quase parecia, naquele momento, que Antibes se transformara numa ilhazinha ancorada fora da costa da América Central e envolvida em todos os problemas de lá.

"Há um número de telefone na Cidade do México", disse, "mas não o tenho mais. Eu o destruí. Talvez se o senhor pudesse falar com o sr. W, no Lloyds International… Dei-lhe o número uma vez e ele pode tê-lo guardado." Meia hora mais tarde o sr.

Shearer telefonou de novo e me deu o número, e assim uma nova ação de minha parte estava sendo solicitada.

Passaram-se alguns dias antes que eu conseguisse ter García Márquez ao telefone. Ele disse: "Um embaixador *sul-africano*? Isso é bem mais do que um problema".

"É uma questão humana, não uma questão política. Entendi que é um homem doente e a mulher dele está morrendo de câncer." (Eu tinha falado de novo com o sr. Shearer.)

"Primeiro precisamos descobrir qual dos cinco grupos guerrilheiros está com ele."

Mais alguns dias se passaram e Márquez estava outra vez na linha: "Parece que é a FPL. Mas seria bem melhor se a família fizesse o contato — não o governo sul-africano. Por razões óbvias".

Transmiti as novidades ao sr. Shearer, que disse que as transmitiria a Pretória. "Mas há dificuldades", disse-me. "A esposa está à morte, o filho é meio hippie, resta só a filha, e é uma garotinha."

"Alguém não pode fingir que é pessoa da família?"

Por muito tempo não soube mais nada, mas no dia 18 de agosto (tinha cedido à pressão de Chuchu) parti mais uma vez para o Panamá, às dez e meia da noite, depois de passar oito horas na sala Van Gogh no aeroporto de Amsterdã, sala onde tinha começado a me sentir como se estivesse em casa. Antes de partir eu tinha escrito ao sr. Shearer lhe perguntando se poderia lhe ser útil enquanto estivesse no Panamá, mas ele respondeu que o assunto agora estava nas mãos de Washington. Haviam sido feitos contatos com os guerrilheiros, e seria melhor que eu não me envolvesse.

III

CHUCHU LÁ ESTAVA NA MANHÃ SEGUINTE, no aeroporto do Panamá. Deixara crescer a barba, mas quanto a outros aspectos permanecera inalterado nos dois anos que haviam passado, e transbordava de novidades. O General, parecia, queria que eu fosse à Nicarágua dentro de dois dias, e isso convinha a Chuchu porque dois de seus filhos que eu tinha conhecido estavam agora na Nicarágua, levados pela mãe. A garota estava na escola e ansiosa por entrar para o Exército, e seu jovem irmão se tornara guarda de Tomás Borge e acidentalmente baleara a própria perna.

Como habitualmente no Panamá, nossos planos logo foram mudados pelas inúmeras conversas telefônicas que aconteceram entre nossos ponches de rum, os quais, como de costume, eram maus e caros. O Señorial, para nosso desgosto, fora transformado em mais um banco, e procuramos em vão pela jovem Flor, em cujos ponches de rum sempre tínhamos podido confiar. Na Cidade do Panamá os bancos crescem com a mesma rapidez das ervas num jardim. Havia agora cerca de cento e trinta deles, situação meio estranha num país sob um líder social-democrata. Seja como for, minha visita à Nicarágua seria adiada porque o líder guerrilheiro da FPL, Salvador Cayetano, que agia sob o codinome de Marcial, estava na Cidade do Panamá e queria me ver.

Havia mais novidades pessoais — Chuchu tinha casado de novo, agora com a irmã de Lidia, a mulher do sandinista Rogelio, e tinha um filho. O General também tinha um filho novo — com a garota que eu conhecera dois anos antes. Após o nascimento dissera a Chuchu que ele também poderia providenciar um filho, e Chuchu, o fiel guarda-costas, obedecera prontamente.

Chuchu estava menos satisfeito com relação a outra das noções românticas do General — libertar a Señora Perón de sua prisão domiciliar na Argentina. Apresentou-me a seu advogado de Buenos Aires, em quem Chuchu definitivamente não confiava, e fomos juntos visitar o vice-presidente, Ricardo de la Espriella, que prontamente emitiu um cheque de vinte mil dólares, que Chuchu descontou num banco e depois entregou o dinheiro ao advogado. "É a última vez que ouviremos falar dele", disse. A ideia do General era de que o dinheiro serviria para que ela subornasse os guardas, que olhariam para o lado oposto enquanto fugia para um aeroporto onde um avião panamenho a estaria esperando. Meses mais tarde ela foi libertada pela Junta Argentina de um modo positivamente normal e viajou para Madri, de maneira que o dinheiro talvez tivesse levado o fim que Chuchu havia previsto.

Bernard Diederich estava de volta ao Panamá, e como Chuchu estava totalmente ocupado ao lado do telefone porque aguardava uma chamada do General, tomamos o carro dele e fomos para o que três anos antes tinha sido a Zona do Canal. Havia poucos indícios de qualquer mudança, só que agora a bandeira panamenha tremulava sobre Ancón Hill e os escritórios da Companhia do Canal. Tomamos bons ponches de rum e comemos um péssimo carneiro ensopado no American Legion Club, com um neozelandês amigo de Diederich — homem muito enigmático que evitava responder quaisquer perguntas diretas. Não tinha certeza se ele estava com receio do correspondente da *Time* ou de mim.

Naquela noite jantei com o General. Sua namorada estava lá, e Omar me apresentou seu bebê com orgulho — uma filha. "Quando puder me comunicar com ela", brincou com sua namorada, "não precisarei mais de você." Bebeu-se fartamente. Boyd, o antigo ministro do Exterior, estava lá, e um poeta cujo nome nunca entendi. Nunca antes tinha tido uma impressão tão forte de Omar como um homem solitário, um homem realmente carinhoso, que se apegava à amizade tão profundamente como se apegava aos livros, embora tivesse muito pouco tempo para se dedicar a qualquer um deles. Em dado momento me repreendeu, irritado, quando escorreguei em formalidades na presença de estranhos. "Não gosto quando você me chama de General e não de Omar." Perguntou-me se eu gostava do vice-presidente. "Muito", respondi, e ele pareceu aliviado. Acho que talvez estivesse se lembrando de minha reação ao coronel Flores.

Chuchu, Diederich e eu deveríamos partir no dia seguinte para a Nicarágua como convidados de Tomás Borge, mas primeiro eu tinha de me encontrar com o líder guerrilheiro de El Salvador, Marcial. O General explicou que Marcial estava no Panamá para uma conferência com os cinco grupos guerrilheiros, a fim de planejar o que acreditavam que poderia ser a ofensiva final.

Marcial chegou ao meu hotel com um jovem oficial do G-2. Era um homenzinho maduro, de óculos, com mãozinhas crispadas e pés minúsculos. Se havia algo de impiedoso em seus olhos, era compreensível — tinha atrás de si uma longa história de prisão e tortura. Quase de imediato admitiu que seu verdadeiro nome era Cayetano, e sugeriu que deveríamos ir para o quarto, deixando o oficial para trás. Sentado em minha cama, foi direto ao assunto: "Soube, através do México, que o senhor está interessado no destino do embaixador sul-africano".

Tinha consciência de quão fracas eram minhas cartas. "Por razões humanitárias", disse. "A mulher dele está morrendo de câncer." Telefonando para o México eu já havia jogado as minhas cartas com demasiada frequência para ter alguma confiança nelas. Ele ouviu, contudo, com cortesia, e em seguida houve um longo e embaraçoso silêncio, enquanto eu tentava pensar em só mais uma carta que pudesse jogar, e não consegui encontrá-la. Foi um alívio quando ele falou. Garantiu-me que tudo estava indo bem e que havia apenas alguns pequenos detalhes para serem combinados: o resgate, por exemplo. Sugeri-lhe o nome de dois milionários sul-africanos que poderiam estar dispostos a ajudar. Não tinha ouvido falar neles e tomou nota. Estava se tornando mais humano a cada momento: dirigiu-me um sorriso ocasional, e acho que detectei um vislumbre de amizade no que haviam me parecido olhos frios. Contou-me que tinha quatro amigos lá embaixo, e me lembrei de que havia cinco grupos guerrilheiros em El Salvador. Poderia chamá-los para subir e falar comigo? Concordei e voltamos a nos juntar ao oficial do G-2 na sala de estar.

Todos os quatro já não eram jovens, e Cayetano pediu a um deles que falasse comigo em inglês. Ele falou muito monótona e prolixamente: um exército panfletário. Quando terminou, interroguei-os acerca do assassinato de certos camponeses. Disse-lhes que aos olhos do Ocidente aqueles assassinatos, que tinham sido divulgados pela imprensa, haviam prejudicado a causa deles. Cayetano respondeu: "Em casos como esses vocês devem usar a palavra 'camponês' entre aspas. Eles eram delatores".

Meus pensamentos estavam no homem sequestrado. Procurava pensar em alguma forma de ajudá-lo. Se pudesse induzi-los a acreditar que eu poderia ser de alguma utilidade para eles, então talvez... Pouco convincentemente lhes sugeri que eram prejudicados pela "desinformação" fornecida por seus inimigos à imprensa europeia: se quisessem me mandar informações exatas, não propaganda, tentaria conseguir que fossem publicadas. Com isso, nos separamos. Não recebi notícias deles, a ofensiva final não conseguiu ser final, e meses mais tarde chegou à Europa a confirmação da morte do embaixador. Ele era um homem doente e durante meses tinha sido arrastado de cá para lá como refém. O sr. Shearer me escreveu de Pretória: "Estamos inclinados a pensar, ponderadamente, que ele não foi 'executado' como foi declarado pela FMNL (a organização dos cinco grupos guerrilheiros), mas que morreu o mais naturalmente possível dentro das circunstâncias. Não há, é claro, nenhuma prova. O corpo e seu paradeiro nunca foram descobertos". Dois anos iriam se passar antes que eu visse novamente Cayetano, e dessa vez o encontro foi na Nicarágua, na véspera de sua própria morte misteriosa.

IV

No dia seguinte Chuchu, Diederich e eu voamos para Manágua no jato particular de Omar. Ele estava decidido a continuar minha instrução, aceitando todas as consequências, e por isso tinha arranjado o convite de Tomás Borge.

Manágua é quase uma cidade irreal, sem qualquer centro, já que o centro foi destruído pelo terremoto que tanto enriqueceu Somoza, porque ele embolsou toda a ajuda internacional que foi enviada à Nicarágua em vez de empregá-la na reconstrução da capital. No centro da antiga cidade existem apenas a catedral, que está meio em ruínas, o Hotel Intercontinental, um pequeno restaurante mexicano, o Palácio Nacional, que foi tomado por Eden Pastora, e o Bunker, onde Somoza, cercado, passou os últimos dias da presidência. Só existia vida na periferia de Manágua; visitar alguém lá significava uma viagem de aproximadamente meia hora.

Devíamos chegar num dia muito importante. Numa tentativa de baixar a taxa de analfabetismo de cinquenta por cento, o governo sandinista mandara cinco mil estudantes de nível mais adiantado viver e trabalhar no campo com os lavradores e à tardinha ensiná-los a ler e escrever. Tinham acontecido acidentes. Mais ou menos cinquenta crianças haviam morrido por doenças, e sete tinham sido assassinadas pelos remanescentes da Guarda Nacional de Somoza, que estavam operando como guerrilheiros a partir da segurança de Honduras, mas o resultado da tarefa foi espetacular — a taxa de analfabetismo, afirmava-se, tinha sido reduzida de cinquenta para treze por cento. Nesse dia as crianças deveriam regressar para uma recepção pública, que também deveria ser espetacular. O terremoto havia formado um vasto anfiteatro que comportava seiscentos mil espectadores — somente de pé, é claro.

Explicaram ao nosso pequeno grupo que o Hotel Intercontinental estava lotado de visitantes para a ocasião, e fomos levados a uma casa muito confortável, além da periferia, com duas agradáveis e encantadoras empregadas para cuidar de nós. Fôramos recepcionados no aeroporto — para desagrado de Chuchu — por María Isabel, que, agora separada de Camilo, tornara-se assistente de Tomás Borge, e em seu uniforme militar parecia mesmo mais graciosa do que há dois anos. Nossas empregadas nos serviram um almoço simples e excelente, mas eu me sentia indisposto porque me parecia que tinha sido afastado daquilo que erradamente supunha ser o centro dos acontecimentos. Não tinha percebido o vazio daquele centro. Na verdade, estava desconfiado sem motivo, achando que havia um propósito naquela separação, que estava quase encarando como uma espécie de prisão domiciliar de luxo. Para me animar, porém, Diederich telefonou para o gerente do Intercontinental, que era seu conhecido desde o tempo da guerra civil, e arranjou nossa transferência para lá na manhã seguinte, quando o espetáculo teria acabado e os visitantes teriam ido embora. Senti-me mais feliz em pensar que pagaríamos por nossas acomodações e não seríamos um peso para os sandinistas. Depois do almoço seguimos de carro para Manágua.

    Tínhamos lugares no palanque no lado exposto ao sol, e o calor intenso estava escaldante. Mas o calor não parecia ter dissuadido a enorme multidão abaixo, que, a cotoveladas e com dificuldade, tinha conseguido um lugar. Sobre o palanque estavam ministros de Estado, membros da Junta, o presidente da Costa Rica. As crianças marchavam sob aplausos fragmentados, cada grupo com sua própria bandeira, e depois tivemos de aguentar três horas de discursos. Uma revolução bem-sucedida parece sempre ser marcada por longos discursos, assim como uma guerra é marcada por longos períodos de espera por combates.

    O presidente da Costa Rica falou primeiro. Como um bom social-democrata, defendeu ardorosamente as eleições imediatas. Os que estavam no palanque o escutavam num silêncio soturno e desaprovador, e o mesmo fazia a multidão abaixo. Não havia sinal de entusiasmo. Depois de uma vitória pelas armas contra heroicas adversidades, "eleições imediatas" não é um lema que provoque entusiasmo na América Central. Outro estranho falou em seguida — o bispo de Cuernavaca, conhecido popularmente no México como o Bispo Vermelho. Também não conseguiu despertar interesse. Veio então o líder do Exército e ministro da Defesa, Humberto Ortega. Começou por declarar francamente que não haveria eleições antes de 1985, e essas palavras foram saudadas com entusiasmo pela multidão comprimida lá embaixo, até mesmo com entusiasmo exagerado pelas pessoas de classe média sobre o palanque, que assim puderam mostrar sua desaprovação ao presidente da Costa Rica. Era como se os homens no palanque estivessem tranquilizando a multidão quanto à sua lealdade, e a multidão os aplaudia de volta, tranquilizando-os também. "Nada de eleições antes de 1985" — esse era um lema revolucionário que podiam entender.

Estava intrigado com a reação deles, até que lembrei o significado da palavra "eleições" na Nicarágua. Frequentemente, durante seu longo reinado, Somoza tinha decretado eleições e dessa forma tinha legitimado sua ditadura, mesmo que somente aos olhos dos Estados Unidos, vencendo todas por maioria absoluta. Assim, para a maior parte das pessoas na multidão, "eleições" era uma palavra que significava trapaça. "Nada de eleições" era para eles uma promessa de nenhuma velhacaria.

Após essa introdução popular, Ortega falou durante muito tempo. Seu discurso durou mais de uma hora, mas ele não era nenhum Castro. Dispersou a atenção do povo. As pessoas começaram a se agitar, inquietas, ao redor, e um murmúrio de incontáveis conversas subia até o palanque. Podia-se perceber a multidão diminuindo. Muitos avançavam com dificuldade para ir para casa. Então a figura pequena e veemente de Tomás Borge tomou o lugar de Ortega, e o povo voltou a prestar atenção, todos os rostos voltaram-se de novo para o palanque, o murmúrio cessou. Falou durante cinco minutos apenas, mas estava falando para um auditório que escutava cada palavra.

O sol estava insuportavelmente quente. Uma nuvenzinha que prometia chuva surgiu e passou. Decidimos esperar só mais um orador. Ela estava esperando com vontade — uma camponesa de meia-idade. Era uma das que tinham sido ensinadas a ler e escrever pelos estudantes em sua cruzada contra o analfabetismo, e agora lia para o auditório imenso e silencioso algo que tinha produzido, e esse algo era um poema. A Nicarágua, lembrei-me de Chuchu falando, era um país de poetas.

Descendo do palanque, encontramos os filhos de Chuchu: o rapaz ainda estava mancando em consequência do acidente com seu rifle, e a garota discutiu impetuosamente com o pai a respeito de seu desejo de deixar a escola e entrar para o Exército.

Lá também, andando sozinho — não tinha estado visível no palanque entre os chefes da revolução —, estava o herói que havia tomado o Palácio Nacional, Eden Pastora ou Comandante Zero, como era chamado quando o conheci no Panamá depois que herdara o nome do irmão de Camilo. Seu belo rosto de ator dava uma impressão de solidão, mágoa, desapontamento. Não fiquei surpreso quando soube um ano depois que ele se voltara contra os sandinistas e fora para o exílio. Realizara a façanha mais espetacular da guerra civil e agora estava encarregado do treinamento da milícia local. Uma posição honrosa, mas pode um ator que uma vez representou Henrique v para os aplausos do mundo se contentar depois com o papel de Pistol?

No ano seguinte ele deixou o país declarando que nunca lutaria contra seus antigos companheiros; e depois disso perambulou irrequietamente do Panamá para o México, do México para a Costa Rica. Sustentado por quem? Talvez por certos tipos em Miami, o Vale dos Caídos, ou pela CIA. Sua promessa foi modificada mais tarde — embora rejeitasse o governo sandinista, jamais lutaria ao lado dos somozistas, e essa promessa bem posso crer que pretendia cumprir. O cheiro da glória ainda estava em suas narinas — a sensação de luta contra enormes adversidades com um punhado de companheiros escolhidos, e agora, enquanto escrevo, dizem que formou um comando de quase quinhentos homens através da fronteira da Costa Rica, em solo nicaraguense, para com isso derrotar seus antigos camaradas. Seu comando certamente fará uma incursão perigosa, mas, se forem bem-sucedidos, inevitavelmente será uma pequena unidade lutando com os Estados Unidos, os esquadrões da morte de El Salvador, o Exército hondurenho e os homens de Miami contra o mesmo inimigo.

Pastora é uma figura trágica. Com sua coragem e carisma (uma qualidade perigosa quando um homem se torna consciente de possuí-la), foi condenado à desilusão. Se a esquerda marxista fosse derrotada, ele inevitavelmente debandaria para o lado dos conservadores e dos capitalistas que agora o achavam útil e que mais tarde o desprezariam por sua simplicidade e até mesmo por seu heroísmo. Ainda me sinto obcecado, dois anos depois, pela lembrança daquele homem solitário andando sozinho abaixo do palanque, onde todos os outros líderes estavam sentados diante da enorme multidão que tinha ido para saudar aquilo que ele, mais do que qualquer outro homem, ajudara a levar a cabo.*

---

* Como escritor vagaroso, acho difícil acompanhar a mudança de acontecimentos na América Central. Até uma nota de pé de página escrita em novembro de 1983 provavelmente estará desatualizada quando este livro for publicado. Pastora durante algum tempo mostrou ser uma figura mais perigosa do que eu pensava. Depois de estabelecer seu comando na Nicarágua junto à fronteira costa-riquenha, até adquiriu alguns pequenos aviões. Um foi derrubado sobre Manágua quando estava tentando bombardear a casa do ministro do Exterior, padre D'Escoto, e com outro bombardeou o pequeno porto de Corinto, no Pacífico. Mas então, mantendo-se fiel à última parte de sua promessa, não aceitou a exigência da CIA de que em troca do apoio dela se juntasse à principal organização contrarrevolucionária, que incluía membros da velha Guarda Nacional de Somoza, e afastou-se — por quanto tempo? — do cenário de ação.

Depois da parada, dos discursos, da multidão, do entusiasmo, foi esquisito me encontrar à noite bebendo uísque numa rica casa burguesa pertencente a um membro da família Chamorro, que era proprietária do jornal conservador *La Prensa*. *La Prensa* logo se transformaria num forte oponente do governo sandinista, mas a família Chamorro, como acontece frequentemente numa guerra civil, estava dividida, e Xavier Chamorro, em cuja casa Tomás Borge marcara um encontro para me conhecer e falar comigo, era editor de *El Nuevo Diario*, um jornal pró-sandinista. De qualquer modo, parecia-me estranho encontrar o líder marxista naquele arrabalde tão fora dos padrões marxistas. Talvez ele se sentisse tão pouco à vontade como eu, mas a polarização ainda não se manifestara completamente: por enquanto, a vitória dos sandinistas fora bem recebida em quase todo o país. O futuro fora apenas insinuado nos olhos tristes do herói esquecido abaixo do palanque.

Essa foi uma visita rápida, muito turística até, a um país que se esforçava por voltar à vida normal após uma longa guerra civil. Contudo, eu não desejava me tardar ali; meus problemas pessoais na França me chamavam de volta. No dia seguinte, depois de nos instalarmos no Hotel Intercontinental, fomos de carro à pequena cidade de Masaya, que tinha sido cenário de algumas das lutas mais encarniçadas e ainda mostrava cicatrizes, depois à bela cidade de Granada — uma cidade muito conservadora —, onde Chuchu teve um sério atrito com um jornalista intrometido do *La Prensa*.

Os dias na Nicarágua eram iguais em frustrações e atrasos aos dias no Panamá. Tínhamos planejado voltar para o Panamá em determinado dia e felizmente chegamos e descobrimos que, de algum modo, María Isabel havia providenciado para nós um voo que não existia — não teríamos melhor sorte com o voo para o qual ela nos transferiu. Para passar o tempo viajamos até León, uma cidade menos bonita do que Granada, subimos ao forte onde os homens de Somoza tinham sido sitiados, visitamos a pequena casa comercial onde um partidário dos sandinistas nos mostrou onde tinha conseguido manter armas escondidas da Guarda Nacional sob o fundo falso de um guarda-roupa.

De volta a Manágua, fizemos uma escolha ruim para o jantar — um restaurante chamado Los Ranchos, que servia, com falsa elegância, comida cara e de má qualidade. Lá, minhas simpatias pelos sandinistas se tornaram mais fortes porque me senti cercado por seus adversários, homens engravatados e de colete que haviam se vestido, apesar do calor, para uma noite fora e que olhavam para nossas camisas abertas com uma desconfiança, partilhada pelos garçons, que deliberadamente atrasaram nossa refeição. Lá estávamos em território inimigo, e eu ficaria satisfeito em sair tão logo a conta estivesse pronta.

Levantamo-nos cedo no dia seguinte porque não tínhamos certeza de conseguir lugar no avião panamenho, já que María Isabel havia conseguido a segunda e difícil proeza de nos arranjar passagens, mas não reservas. O avião estava lá, claro, mas havia um indefinido e inexplicável atraso no embarque. Tomás Borge chegou com uma escolta armada para se despedir e queria fotografar a ocasião, mas minha câmera tinha sido roubada do meu quarto no hotel (um grande alívio para mim, porque me livrara da responsabilidade de tirar fotografias, embora lamentasse a perda de alguns bons retratos de abutres na Cidade do Panamá). Tomás Borge, porém, tinha autoridade suficiente para tomar uma câmera emprestada em uma loja *duty-free*, e assim possuo uma recordação de nossa despedida cordial.

Finalmente conseguimos embarcar no avião, a aeronave começou a se movimentar na pista e de repente nada havia para ser visto através das janelas a não ser fumaça. O avião parou abruptamente e nós descemos. Disseram-nos, embora não fosse verdade, que o avião não partiria aquele dia. Eram dez horas da manhã.

O outro único avião era salvadorenho e não sairia antes das seis da tarde. Transferimos nossas reservas para ele. Fui, meio indiferente, procurar minha câmera (felizmente sem êxito) e depois do almoço no hotel subimos de carro até o vulcão que domina Manágua, para dentro do qual dizem que Somoza atirou os corpos de vários oponentes. Vinda da cratera, uma tênue linha de fumaça como a de um crematório enovelava-se acima de nós, e lá embaixo, no coração da cratera, dúzias de periquitos voavam de lá para cá como se fossem pipas coloridas manobradas por mãos invisíveis. Fiquei triste por deixá-los para voltar ao aeroporto onde nada parecia funcionar direito. Eram só quatro e meia da tarde. O voo panamenho, apesar de tudo, tinha partido às três horas, e o avião de El Salvador, disseram, estaria quarenta minutos atrasado. O cálculo mostrou-se otimista — mais tarde foi anunciado que o avião nem sequer tinha saído de Miami e poderia nem chegar.

Política pode ser uma distração contra o tédio, e a política entrava agora no saguão na pessoa de um negro distinto, vestido à moda Mao, seguido por uma esposa — ou secretária ou amante? — e uma criada. Sentou-se resolutamente ao nosso lado, deixando suas acompanhantes em duas cadeiras confortáveis atrás dele, e fez-se silêncio depois dos cumprimentos iniciais. Acho que éramos suspeitos — talvez porque eu fosse inglês, um ex-colonizador. Por quanto tempo, perguntei-me, ficaríamos condenados àquele silêncio agressivo?

Lembrei-me da garrafa de uísque que sempre levava em minha bolsa e sugeri que, já que tínhamos uma espera indefinida à nossa frente, podíamos pedir água e abrir a garrafa. O estranho aceitou para si, embora recusasse por suas acompanhantes, e o uísque teve um efeito imediato. A loquacidade seguiu-se ao silêncio. Ele estivera visitando a Nicarágua como representante do sr. Bishop e do governo de Granada. Com a história de sua vida fluiu de dentro dele uma torrente de clichês marxistas. Era advogado e se formara em direito em Dublin (era difícil imaginá-lo caminhando sobre os diques de Liffey ou sentado num pub irlandês). Mais tarde fora admitido na Ordem dos Advogados de Londres. Perguntou meu nome e disse que o tinham obrigado a ler alguns de meus livros na escola. Depois do segundo uísque me convidou para ir a Granada como hóspede de seu governo, e eu lhe pedi que deixasse o convite para outra ocasião. Mais tarde o descrevi para Omar. "Ah", disse, "conheço o homem. Está à direita do presidente e consideravelmente à minha esquerda."

Afinal o avião apareceu, vindo de Miami, e trazia o arcebispo canadense do Panamá. "Pelo amor de Deus, vamos evitá-lo", disse a Chuchu, mas não havia perigo de que nos visse. Imediatamente após a aterrissagem o arcebispo embarafustou-se numa loja de bebidas *duty-free*, aberta tanto para passageiros que chegavam como para os que partiam, ao passo que nós conservamos nossa sede até chegarmos a um velho restaurantezinho jamaicano ao qual tínhamos nos apegado, o Montego Bay, administrado por um velho negro jovial cujos ponches de rum eram quase tão bons quanto os de Flor. Bebendo-os, eu tinha o pensamento habitual: "Bem, graças a Omar conheci um pouco da Nicarágua — a primeira e última visita", e mais uma vez, como sempre na América Central, ficaria provado que eu estava enganado.

Tinha começado a duvidar da lenda de que os panamenhos só bebem nos fins de semana. Talvez Chuchu tenha se corrompido em minha companhia, mas quando, depois de sair do Montego Bay, fomos ao segundo lar de Omar, a casa de Rory González, o jantar não começara e os drinques circulavam sem qualquer vislumbre da chegada do fim de semana. Talvez só os camponeses, devido à pobreza, concordassem com aquele regulamento oral. Quando o jantar acabou, a hora já ia bem adiantada. Chuchu imprudentemente passara do rum para o uísque e para o vinho. Um dos guardas do General queria me levar de volta, mas Chuchu recusava-se a largar o volante do seu carro, e eu me senti moralmente compelido a deixá-lo me levar. Sensatamente alguém deve ter chamado sua esposa, porque Silvana apareceu de repente ao lado do carro. Chuchu ainda não se acostumara com o casamento e a acusou de ser matronal.

Silvana permaneceu maravilhosamente imperturbável. Tinha vinte e quatro anos e Chuchu quarenta e oito, e sabia que na idade em que ele estava não era adversário para ela quando tudo acabava em teimosia. Aferrou-se ao volante por muito tempo ainda e, quando finalmente afastou as mãos, saiu do carro sem uma palavra e voltou para dentro de casa como se não pudesse suportar o resultado de sua rendição. Silvana ria enquanto guiava. Conhecia seu Chuchu e confiava nele completamente. Talvez aquilo também fosse um agravante para Chuchu — que ela pudesse ter certezas a respeito dele.

Enquanto seguíamos para o hotel, eu estava outra vez pensando no romance que estava condenado a jamais ser escrito, *Na volta*. Achei que tinha descoberto o que havia de errado com ele, o que estava bloqueando seu livre curso em minha mente. O enredo estava preso demais ao Panamá — devia usar como cenário um país imaginário da América Central. Afinal, eu tinha visto um pouco da Nicarágua, um pouco de Belize. A "volta" não precisaria se referir apenas à viagem da mulher com Chuchu e a uma volta que jamais aconteceria — a expressão poderia ter também um sentido político: o fracasso de uma revolução. O vilão da peça deveria ser baseado no Señor V, o homem a quem eu mencionava para o General como Cara de Peixe, uma relíquia do regime Arias. Pensei nos burgueses jantando no restaurante em Manágua e nos garçons malcriados que estavam do lado da riqueza. Eles também tinham pequenos papéis na peça. Talvez não devesse ser Chuchu quem morreria no fim do romance, mas o General, que com tanta frequência sonhava com a morte. Ai de mim, como aquilo de fato se tornaria realidade!

V

No dia seguinte Chuchu estava quase recuperado quando chegou para me apanhar para almoçar com Omar, mas estava meio angustiado porque perdera seu cão. Era um cão singularmente estúpido, como tinha dito muitas vezes, e por isso mesmo um cão selvagem, e era muito odiado por seus vizinhos. Agora simplesmente tinha fugido, e ele havia passado horas vasculhando as ruas à sua procura.

"Como detesto cães...", disse.

"Por que tem um, então?"

"É a única maneira de conservar a aversão no meu íntimo."

Disse a mim mesmo: "Esse cachorro certamente tem um papel a desempenhar em *Na volta*".

Durante o almoço com Omar naquele dia fiquei cônscio, mais do que nunca, da afeição que crescera entre nós. Ele chegou a comparar a amizade que sentia por mim com a afeição que tinha por Tito antes de sua morte. "Nosso relacionamento é quase o mesmo", disse-me.

Tito e eu — parecia uma comparação estranha. Acho que ele queria dizer que sua afeição por nós dois era baseada numa espécie de confiança. Como já escrevi, ele sempre gostava de comparar sua opinião sobre uma pessoa com a minha. O pobre Cara de Peixe era um exemplo... Omar até usava o apelido de minha autoria quando se referia a ele. Agora queria saber a minha opinião a respeito de Tomás Borge. Contei-lhe que em nosso primeiro encontro, na casa burguesa, não tinha prestado muita atenção nele; mais tarde, porém, quando foi ao aeroporto no dia seguinte para falar comigo, minha opinião sobre ele mudou completamente, talvez porque eu estivesse mais relaxado. "É", disse Omar, "nos primeiros minutos a gente não gosta dele."

Falamos a respeito da sra. Thatcher e de sua atitude em relação a Belize, que parecia envolver uma disposição de negociar com a Guatemala. Ele queria que eu tivesse outro encontro com George Price. A posição de Belize estava se tornando mais difícil em relação a seu vizinho autoritário e agressivo. A Colômbia e a Venezuela não o apoiavam mais. O Panamá e a Nicarágua agora eram os únicos países da Organização dos Estados Americanos em que Price podia confiar. Naquele momento Price estava em Miami, onde fora se encontrar com o ministro do Exterior da Guatemala — o primeiro contato direto entre os dois países. Omar tinha pedido que Chuchu e eu fôssemos a Belize — agora queria convidar Price a vir ao Panamá, e disse a Chuchu que telefonasse para ele.

Uma observação de Omar permaneceu em meu pensamento (seria acaso uma defesa da sra. Thatcher ou uma crítica a ela?): "A ignorância pode ser útil na política. Carter e eu concordamos a respeito do Tratado do Canal porque ambos ignorávamos os problemas que acarretaria. Se não tivéssemos sido ignorantes, o Tratado jamais teria sido assinado".

Na manhã seguinte Chuchu ligou para me dizer que tinha falado com Price por telefone, mas admitiu que estava meio bêbado na hora e não conseguia se lembrar do que Price tinha lhe dito. Mais tarde, naquele dia, eu mesmo me senti meio embriagado após três ponches de rum no Montego Bay e três *pisco sours* no restaurante peruano, de cuja porta vi uma porção de elefantes andando na chuva no centro da Cidade do Panamá. Primeiro um tigre, agora elefantes. Tenho certeza de que não foi a bebida que me fez vê-los.

Com a situação em El Salvador e na Nicarágua, e a ameaça da Guatemala a Belize, mais do que nunca o Panamá parecia abafado por personalidades e problemas políticos. Naquela noite houve uma festa na casa de um comunista para o embaixador nicaraguense que estava sendo transferido para Cuba. Ele estava sentado taciturno e sozinho naquela festa em sua homenagem, e ninguém falou com ele até que eu o fiz.

De repente os nossos planos foram mudados. Price não viria ao Panamá, e nós tampouco iríamos a Belize. Omar tinha concordado com meu desejo insensato: uma visita a Bocas del Toro.

VI

CHUCHU E EU PARTIMOS NO OUTRO DIA num pequeno avião militar. As condições meteorológicas eram péssimas — rajadas de vento e chuva pesada —, que tornavam a visibilidade quase nula. Fiquei satisfeito porque Omar não estava conosco, já que aquelas eram as condições em que gostava de voar: ele gostaria de ter um piloto que insistisse, a despeito do tempo. Sem ele nosso piloto pôde tomar uma decisão prudente e voltamos para David na esperança de que o tempo clareasse antes de sobrevoarmos as montanhas de Chiriquí em direção à costa atlântica. Enquanto esperávamos, o medo me fornecia argumentos para não prosseguir. Por que Chuchu e eu não podíamos tomar um carro, argumentava, e revisitar a bela cidade montanhosa de Boquete com seu ar fresco e o pequeno hotel e a encantadora hospedeira que se parecia com Oona Chaplin? Mas o piloto tinha algo do espírito de Omar. O tempo era um desafio que tinha de aceitar, e depois de meia hora decidiu que melhorara o suficiente para voarmos.

Eu mal podia perceber um pequeno sinal de melhora, embora fosse verdade que agora ocasionalmente, quando as nuvens se separavam, nós captássemos um vislumbre do cume das montanhas e, depois, do mar em ebulição lá embaixo. Aterrissamos sob um dilúvio de chuva numa ilhazinha que parecia estar afundando de volta ao mar sob o peso da tempestade. Aquilo era Bocas, que eu tinha me obstinado tanto a visitar.

Caminhamos, com água nos tornozelos, até um hotelzinho chamado Bahía, no limite do desembarcadouro onde os barcos de bananas costumavam ancorar. Depois de dar uma olhada no lugar, me senti aliviado quando disseram que não havia quarto disponível. Aparentemente, naquela cidade inculta estava ocorrendo uma feira agrícola e havia até mesmo visitantes das outras ilhas vizinhas que tinham se prevenido para a chegada. Agora, pensei com alívio, certamente voaremos de volta qualquer que seja o tempo, mas, enquanto estávamos encharcados discutindo, o proprietário voltou, disse que tinha conseguido um quarto para nós, e que quarto: duas camas de ferro e uma cadeira eram os únicos móveis. Uma lâmpada elétrica nua pendia do centro do teto, não havia ar-condicionado para amenizar o calor úmido, e nem uma tela contra mosquitos nas janelas. Cheguei a invejar o piloto que estava voltando para o Panamá em meio à tempestade. Viria nos apanhar na manhã seguinte, disse-me, às nove e meia. Mas suponhamos, não pude deixar de me perguntar, que o tempo piore e fiquemos retidos por dias neste lugar terrível... Um almoço horrível num restaurante vazio nada pôde fazer para nos animar: uma sopa rala com dois nacos de carne boiando; pedaços de galinha, principalmente pele; nada de rum — só uma cerveja fraca engarrafada.

Bem, pelo menos a chuva parara temporariamente e nada nos restava a fazer senão visitar a pretensa feira num sítio no outro lado da ilha. Não havia drenagem: a chuva acumulava-se onde caía, e atravessar uma rua sem molhar os sapatos significava saltar.

A feira consistia em duas cocheiros desinteressantes — sem interesse para nós, mas obviamente um acontecimento muito interessante para os habitantes de Bocas del Toro. Eram sobretudo negros de origem antilhana, e na miscelânea de vozes podia-se distinguir inglês, espanhol e crioulo. Chuchu se encontrou com um conhecido, um negro chamado Raúl, que tinha sido um de seus alunos, e nós fomos a uma cocheira e tomamos um péssimo rum.

Raúl, parecia, pretendia se inscrever como candidato independente nas eleições que estavam previstas para 1981 e que seriam abertas a partidos políticos como resultado do Tratado do Canal. Seus dois adversários representavam o Partido Comunista e o novo Partido do Governo, fundado por Omar. Tinha ressentimentos — sua zona eleitoral era formada por muitas ilhas, e, ao contrário de seus rivais, não conseguira dinheiro para alugar um barco para visitar seus eleitores: nem mesmo tinha dinheiro para comprar camisetas, que achava essenciais para o sucesso da campanha. Outro homem que Raúl apresentou como seu empresário juntou-se a nós, mas eu não consegui entender uma palavra do seu inglês.

O rum medíocre estava trabalhando em minha bexiga, e eu fui a um galpão ligeiramente malcheiroso para urinar contra a parede. Um negro entrou e veio urinar ao meu lado, e imediatamente começou a falar. Disse-me que era engenheiro e que dentro de alguns anos ia se aposentar e cuidar da grande fazenda de cacau de seu pai.

Conversamos lado a lado, mas ele não fazia menção de sair do galpão ou parar de falar. Disse-lhe:

"Você então vai ser um homem rico."

"Rico não, homem, abastado."

Começou então a me contar que seu avô tinha sido professor em Oxford.

"Já ouviu falar em Oxford, homem?"

"Sim."

Outro homem chegou para urinar. Queria me vender uma velha espada. Expliquei-lhe que, se a levasse comigo no avião, poderia ser preso como contrabandista. Então o neto do professor de Oxford me pediu dinheiro para um copo de rum, e consegui voltar para junto de meu amigo. Raúl identificou o homem quando o descrevi para ele. Disse que era conhecido em toda Bocas del Toro como o Mentiroso-Mor. Uma vez conseguira fazer toda a força policial procurar, no lugar errado, um avião que caíra.

Eu não conseguia mais beber aquele rum horrível, então disse que ia voltar para o hotel. Parecia que a ilha estava afundando mais na água, e começava a chover de novo.

Um homem branco com sotaque americano me cumprimentou à saída da feira. Queria que eu tomasse um drinque com ele, mas lhe respondi que estava indo fazer uma sesta. Contou-me que tinha uma casa pintada de azul no molhe quase defronte ao hotel. "Não tem como errar. Vá tomar um drinque quando você quiser", disse. Comecei a voltar, mas um carro da polícia parou do meu lado e me ofereceram carona. "Será mais seguro para o senhor", explicou um policial, e eu me lembrei da caminhonete da polícia em Colón.

No hotel descobri que a lâmpada do quarto não funcionava — quando a noite chegasse haveria apenas uma luz refletida do banheiro. Deitei-me e procurei em vão me interessar pelo *Ragtime*, de Doctorow, até que a penumbra caiu e ficou impossível ler. Com o sono também foi assim. Fiquei uma hora deitado de costas e sentia uma enorme nostalgia de minha casa e de meus amigos em Antibes. A despeito de minha afeição por Omar e Chuchu, era em Antibes que estavam minhas lealdades mais sinceras. Tinha deixado meus amigos enfrentarem sozinhos seus inimigos em Nice. Um telegrama deles, caso precisassem de mim, não chegaria a Bocas. Havia reservado a passagem para casa com a intenção de deixar o Panamá dentro de poucos dias, mas tinha uma sensação de condenação em Bocas — uma impressão de que jamais conseguiria partir. A culpa era minha. Quis ver o lugar de onde Colombo tinha voltado. Quis ver o local aonde os turistas não iam. Já tinha tentado duas vezes e fracassara. Deveria ter aceitado a insinuação da Providência.

Finalmente, desesperado, levantei-me e atravessei a rua em direção à casa do amistoso ianque. "Meu nome é Eugene", cumprimentou-me, "mas a maioria das pessoas me chama de Pete." Tinha posto uma caveira em cada lado da porta para afugentar os ladrões.

Depois que me serviu dois generosos uísques, meu ânimo se levantou. Contou-me que era piloto da Braniff Airlines e que durante a guerra tinha sido piloto do OSS, o serviço secreto americano. Tinha comprado sessenta e sete acres na ilha, mais outra casa na praia, por seis mil dólares, e planejava se aposentar e ir para lá dentro de dois anos e manter os acres como uma reserva para pássaros e animais. Sua satisfação em Bocas me espantou, e o encarei com um novo respeito. Não tinha esposa ou família, mas logo se juntaram a ele duas mulheres joviais com as quais planejava passar uma "noite de arruaça" na feira. Convidou-me para ir junto, mas Chuchu tinha mandado avisar que estava me esperando.

Tínhamos sido convidados para jantar, parecia que por Raúl, o candidato parlamentar, na casa de sua mãe, Veronica, mulher dinâmica que falava um inglês perfeito e que competiu comigo copo a copo de uísque, ao qual adicionava leite de coco, porque a água de Bocas não era confiável. Como George Price, seu romancista predileto era Thomas Mann, e falamos de Mann durante toda uma excelente refeição de carne de tartaruga.

Às dez e meia da noite voltei sozinho para o hotel. Chuchu quis sair e procurar a "noite de arruaça" na feira. Depois que apaguei a luz do banheiro e fui tateando até a cama, começou o barulho de ratos roendo, e os gatos lá fora faziam amor com muita sonoridade. Fiquei imaginando quanto tempo o rato levaria para roer a parede de madeira. Chuchu voltou, desapontado com a feira — não havia qualquer sinal de uma "noite de arruaça". Logo que a luz do banheiro foi apagada, os gatos fizeram amor de novo e o rato começou a roer outra vez.

Passei uma noite ruim, mas acordei com uma sensação de alegria. Achei, erradamente, como ficou provado, que meu bloqueio de escritor passara. O romance estava se agitando em minha cabeça. Agora que tinha decidido que deveria se passar num país imaginário e não no Panamá, os personagens, achava, poderiam se separar de suas inspirações. Chuchu não seria mais Chuchu e Omar deixaria de ser Omar. Bocas estaria lá, no fim da estrada, e Chuchu sugeriu um nome muito adequado para o lugar — Cuno del Toro. Chuchu não morreria na explosão do carro — simplesmente desapareceria para sempre à procura do seu odiado cachorro, e o General mandaria o Cara de Peixe trazer a garota de volta.

Vesti-me num estado de felicidade irreal para encontrar o sol brilhando e Bocas muito transformada. De algum modo a chuva tinha se escoado e as pequenas casas sobre estacas, com seus balcões, me lembravam Freetown, em Sierra Leone, cidade que eu tinha adorado. O avião militar chegou pontualmente às nove e quinze para nos apanhar, e em vez das duas horas e meia que nossa viagem a Bocas durara, voltamos em uma hora e quinze minutos. O céu estava sem nuvens e eu podia ver dúzias de ilhas espalhadas abaixo como um quebra-cabeça destacado: era possível ver como um dia cada peça estivera encaixada na outra. Demos uma carona a Raúl, já que ele esperava conseguir na Cidade do Panamá algum apoio para sua campanha.

VII

DEPOIS DO ALMOÇO SILVANA VEIO ao nosso encontro com a notícia de que o cão detestável tinha voltado para casa. Chuchu e eu fomos ver Omar. Ele estava muito alegre e descontraído, e quando soube da situação difícil de Raúl, imediatamente disse a Chuchu que lhe desse mil dólares para suas despesas: "Mas diga que é um presente do Graham. Não seria bom que meu partido soubesse que estou ajudando um adversário a nos enfrentar". (Na verdade soube um ano mais tarde que Raúl, dividindo os votos, tinha ajudado os comunistas a vencer o candidato de Omar em Bocas.)

Omar me fez perguntas sobre meu processo de escrita, sobre como os personagens se desenvolviam. Disse-lhe que ao escrever um romance o momento promissor era aquele em que um personagem se apoderava do escritor, dizia palavras que o escritor não previa e se comportava de maneira imprevisível.

Falamos também da Rússia e de uma das minhas teorias favoritas de que um dia a KGB estaria sob controle e se mostraria mais à vontade para tratar com os pragmatistas do que com os ideologistas. A KGB recrutava das universidades os estudantes mais inteligentes, que falavam idiomas estrangeiros, conheciam o mundo do exterior; Marx significava pouco para eles. Poderiam ser instrumentos de uma medida de reforma interna.

Omar me disse: "O que você diz me interessa. Recebi uma visita não faz muito tempo de um agente da KGB na América do Sul, um homem jovem, muito culto. Falava um excelente espanhol. Fui muito cauteloso com ele, porque temia uma cilada. Comentou comigo que não poderia acontecer mudança alguma na Rússia enquanto os velhos do Kremlin estivessem vivos. Disse que voltaria a me visitar".

Voltou? Deve ter tomado conhecimento da amizade entre Omar e Carter. Estaria planejando dar, através do General, algum aviso a Carter antes das eleições que Reagan iria vencer? Nunca saberei a resposta para essas perguntas.

Quanto às eleições, Omar comentou: "Claro que eu quero que Carter vença, mas se Reagan ganhar pode ser mais divertido". Ele ainda estava na expectativa de um confronto.

Chuchu veio me procurar na manhã seguinte e me disse que tinha um recado do General. Omar queria que eu fosse imediatamente à sua casa em Farallón. "Diz que vai tratá-lo como se fosse um dos seus personagens e vai tomar conta de você".

Seguimos para lá e encontramos uma grande festa em andamento, com esposas e filhos, e então inventamos uma desculpa para não ficar para o almoço, e em seguida o General me levou para uma sala sossegada e repetiu o que Chuchu tinha dito: "Agora sou um dos seus personagens, Graham, e vou tomar conta de você".

Manobras conjuntas, contou-me, haviam começado entre as forças americanas e panamenhas. Quinhentos homens americanos tinham sido lançados de paraquedas em sua base, que ficava onde era a Zona do Canal, e quinhentos da Guarda Nacional (provavelmente nossos velhos amigos Porcos Selvagens) tinham sido mandados para Fort Bragg, na Carolina do Norte. A intenção dele era voar até Fort Bragg no dia 1º de setembro para ver como seus homens estavam se saindo. Bem, como um dos meus personagens, pretendia me manter sob seu controle. Eu deveria ir com ele como oficial panamenho, com o uniforme da Guarda Nacional. ("Vamos lhe dar o posto de capitão ou major, ou o que preferir.")

Por um momento foi uma proposta muito tentadora. Eu tinha sido delegado panamenho com um passaporte diplomático do Panamá em Washington. Agora, fazer o papel de oficial panamenho em Fort Bragg... era no mínimo uma ideia divertida... Disse: "Mas marquei a passagem de volta para a França para o dia 1º de setembro".

"Fique mais alguns dias."

"Estou preocupado com o que está acontecendo lá."

Chuchu já lhe falara sobre meu problema em Nice com o sujeito indesejável que tinha casado com a filha de um amigo meu e agora a ameaçava no círculo social. Omar falou abruptamente: "Não quero ver um amigo meu tão preocupado. Mandarei um homem à França para dar uma lição nesse camarada que o está perturbando".

"Não. Não acho que seja sensato."

"Bem, mande a jovem para cá com seus filhos."

Falei do seu trabalho, que ela teria de abandonar.

"Daremos a ela trabalho aqui."

"Ela se sentiria muito só. Teria de deixar seus pais."

"Então nós a mandaríamos de volta para a França com um novo nome e um passaporte panamenho."

Pôde perceber que eu não estava convencido e acrescentou: "Seria bem mais simples cuidar do homem que a está ameaçando. As máquinas caça-níqueis são legais na França?".

"Não, não acho. Em Monte Carlo..."

"Há aqui um americano que eu ajudei. Vá procurá-lo com um dos meus oficiais do G-2. Tenho certeza de que pode arranjar tudo para acertar as contas com o homem. Ele tem uma dívida de gratidão para comigo."

Fingi que ia pensar no assunto.

"Agora, para Fort Bragg."

"Não vai funcionar, Omar. Você será acomodado com o general americano. Eu ficarei com os oficiais subalternos. O que vão pensar de um velho capitão panamenho que pouco fala espanhol, mas fala inglês com sotaque britânico?"

Até hoje sinto por tê-lo desapontado no último encontro que tivemos — não só em relação a Fort Bragg, mas também quanto à solução violenta para todos os meus problemas. Nunca tinha perdido um amigo tão bom como Omar Torrijos.

O tempo passava rapidamente — ponches de rum no Montego Bay, jantar no apartamento com Chuchu e Silvana e o cachorro detestável, que se indignava com minha presença como se soubesse que havia se transformado em personagem do meu romance, uma última refeição no restaurante peruano com Chuchu e Flor, a garota dos ponches de rum, cuja pista finalmente encontramos. A sorte me acompanhava. No aeroporto ganhei num caça-níquel o suficiente para pagar uma garrafa de uísque e dois pacotes de cigarros na loja *duty-free*.

Não havia tristeza dessa vez quando embarquei no avião porque eu sabia que ia voltar no ano seguinte. O telefone em Antibes tocaria e a voz de Chuchu surgiria na linha dizendo que minha passagem estava esperando na KLM. Escolheria a data em agosto, durante o recesso judicial, quando pouco poderia acontecer com relação à nossa guerra particular, beberia outra vez na sala Van Gogh em Amsterdã, e chegaria às nove e meia da manhã. Chuchu estaria lá me esperando e já podia ouvi-lo dizer: "O General nos espera em Farallón para o almoço. Vamos no meu aviãozinho". Ou talvez, para minha satisfação, porque me sentia um pouco nervoso em seu avião: "Meu carro está aqui".

EPÍLOGO
1983

I

VI-ME SENTADO NUM PEQUENO HELICÓPTERO militar sobrevoando as montanhas e as florestas do Panamá. Ao meu lado estava Carmen, a filha de Omar, e seus olhos me lembravam os de seu pai; eram honestos e reveladores. Chuchu estava conosco, é claro. O piloto mostrou o trecho de floresta entre duas montanhas onde Omar e seus companheiros tinham caído para a morte. As condições meteorológicas estavam mais do que suficientemente boas para agradarem a Omar; dávamos saltos para cima e para baixo, e de cá para lá, entre as rajadas de chuva. Acho que nós três pensávamos em como seria estranho se tivéssemos o mesmo fim, no mesmo lugar onde o homem que amávamos havia morrido.

Eu não tinha desejado voltar ao Panamá. O Panamá sem a presença de Omar Torrijos pareceria, tinha certeza, um país tristemente árido. Era janeiro de 1983 e eu tinha ido ao Panamá pela primeira vez em 1976, quase sete anos antes. Quando soube da morte de Omar em agosto de 1981, foi como se um pedaço inteiro de minha vida tivesse sido cortado. Seria melhor, pensei, não reavivar as lembranças. Chuchu ligava do Panamá com frequência tentando me persuadir a voltar. Minha passagem, que não conseguira usar em 1981, disse-me ele, ainda estava me esperando em Amsterdã, o presidente aguardava com ansiedade minha chegada, a família de Omar queria que eu fosse, e eu poderia ser "útil". Nunca me explicava qual a utilidade... e teimosamente lhe respondia "não". Tinha um motivo suficientemente bom. Minha guerra com o sujeito em Nice ainda se arrastava e havia três processos contra mim na França.

"Os nicaraguenses querem vê-lo outra vez", disse a voz de Chuchu. Nisso eu não acreditava mesmo, então eu dizia "não" e repetia "não", e não consigo me lembrar agora o que por fim me fez responder relutantemente "sim". "Tudo bem", disse. "Só por duas semanas. Não posso sair da França por mais tempo."

II

QUANDO O AVIÃO DA KLM VINDO DE AMSTERDÃ saiu do Atlântico e começou a sobrevoar a enorme floresta de Darién em direção ao Pacífico, senti uma grande depressão, que procurei diminuir com duas taças de champanha e em seguida com um gim Bols. Eles não levantaram meu ânimo.

O nome Omar Torrijos estava sobre o novo aeroporto internacional, e me senti mais triste do que alegre ao vê-lo lembrado por grandes letras inertes. Chuchu, é claro, estava lá para me receber. Seguimos de carro para um hotel luxuoso que era posterior à minha última visita.

"Não podemos ir para o Continental? Sempre gostei do Continental."

"Neste é mais fácil estacionar meu carro."

Meu coração parou quando entramos na suíte presidencial no décimo quarto (na verdade décimo terceiro) andar: uma sala de estar e um bar maior do que todo o meu apartamento em Antibes, com um quarto quase tão grande, e três portas para o corredor.

"Você viu o rapaz com quem falei no saguão?", perguntou Chuchu.

"Sim."

"É seu guarda-costas armado. O coronel Diaz, chefe da Segurança, o destacou para cuidar de você em horário integral."

Mais do que nunca me senti fora de casa. Quando Omar era vivo, nunca tinha sido hospedado tão luxuosamente, nem mesmo tivera a guarda de um G-2... Chuchu e seu revólver eram o suficiente, e como Chuchu me advertira muitos anos antes no motel em Santiago: "Um revólver não é proteção".

Depois de mais de doze meses de separação falamos e falamos e falamos, primeiro na suíte presidencial, que pareceu um pouco menos excessiva depois de um par de uísques, e depois no restaurante do refugiado basco, o Marisco — este pelo menos não havia mudado, e o segurança que nos acompanhava por toda parte acabou se mostrando uma companhia agradável.

Chuchu estava convencido de que Omar tinha sido assassinado, de que havia uma bomba no avião, e falou de acontecimentos misteriosos que tinham precedido sua morte, mas como exemplo me deu dois artigos que haviam sido publicados contendo ataques do presidente Reagan a Omar, e aquilo me pareceu um indício muito frágil. Eu não estava convencido. Omar, que tinha mantido boas relações com Carter, era um intermediário muito útil para os americanos, apesar de sua social-democracia — seguramente as únicas pessoas que poderiam ter desejado sua morte eram os militares de El Salvador e talvez alguns conservadores locais. Mas sem dúvida havia um mistério de que tomei conhecimento depois através de seu amigo Rory González (que também me disse que não acreditava na bomba): as quatro últimas noites de Omar antes da morte, ele as tinha passado com sua mulher. Era como se tivesse tido uma espécie de premonição sobre seu fim e tivesse querido demonstrar sua afeição e sua firme lealdade ao passado, que eram muito mais intensas do que suas infidelidades.

Ao conversar com Chuchu e mais tarde com o presidente, com a Rory González e com o coronel Diaz, eu tinha começado a perceber como, de uma forma estranha, Omar Torrijos ainda estava bem vivo no Panamá. Chuchu me contou que desde sua morte vinha sonhando com ele todas as noites, e o jovem Ricardo de la Espriella, o presidente, a quem conhecera e de quem tinha gostado dois anos antes quando era vice-presidente, também falou dos seus sonhos com Omar. ("Com a morte dele", disse-me, "perdi um pai e um irmão.") Todos os seus sonhos eram mais ou menos iguais — havia um sério desastre que ele, como presidente, sentia que era incapaz de evitar, e no momento de maior desespero Omar entrava em cena. Num dos sonhos dois trens tinham colidido de frente. Havia muitas vítimas, e o presidente não soube o que fazer quando Omar apareceu e lhe disse: "Não se preocupe. Você pode resolver tudo". E acrescentou quando saía: "Vou dormir para descansar". O presidente me contou que uma noite foi acordado por alguém entrando em seu quarto, e sua mulher falou baixinho: "Há alguém no quarto". Ela também tinha ouvido os passos, mas não vira, como ele, a figura de Omar escarrapachada com uma perna confortavelmente apoiada no braço de uma cadeira.

Por certo encontrei no Panamá um pouco do sentimento de vazio que tinha receado, e havia ainda por cima os problemas que Chuchu me relatara naquela manhã, e talvez o maior de todos fosse a atitude do novo chefe da Guarda Nacional, general Paredes. Este, que imediatamente sucedera ao mascador de chiclete Flores, de quem eu tanto tinha desconfiado, era homem de direita. Aparentemente era amigo do general Nutting, chefe da base americana no local que tinha sido a Zona do Canal, e pretendia candidatar-se à presidência em 1984, e não era amigo dos sandinistas da Nicarágua. O sonho de Torrijos sobre uma América Central social-democrata, independente dos Estados Unidos, mas não representando uma ameaça que justificasse uma intervenção, dificilmente seria concretizado com a ajuda do general Paredes. Mais um sonho se desvaneceu: o trabalho na grande mina de cobre estava parado — pelo menos por enquanto.

Chuchu e eu passamos aquela primeira noite com o coronel Diaz, chefe da Segurança, conversando até o jantar às dez, e depois até a meia-noite: um homem educado, modesto, mas julguei ter percebido nele uma firmeza oculta e uma forte determinação de seguir o rumo traçado por Omar. Era mais moderado do que Chuchu em sua avaliação sobre Paredes. Era verdade, disse, que Paredes tinha pendido para a direita, mas acreditava que o sangue africano de sua descendência não tinha facilitado seu relacionamento com a oligarquia dos ricos e ainda era possível uma mudança de curso.

Diaz estava achando sua própria posição difícil. Com a assinatura do Tratado do Canal e a morte de Omar, parecia que os dias heroicos estavam longe do pequeno Panamá; agora não havia ninguém que pudesse falar de igual para igual com os líderes mundiais, como Omar havia falado com Tito, Fidel Castro, Carter, o papa, e todos os chefes de Estado em sua viagem em 1977 pela Europa ocidental, depois da assinatura do Tratado do Canal.*
Falamos também de El Salvador: Diaz tinha pouca convicção de uma vitória dos guerrilheiros, mas acreditava numa paralisação que talvez pudesse se mostrar mais importante do que uma vitória.

O coronel Diaz me falou das quatro horas que recentemente tinha passado com Fidel Castro. "Gostei dele", disse, "mas fiquei surpreso com a afirmativa dele de que interviera em Angola sem o consentimento da Rússia."

"Isso não me surpreende", comentei com o coronel Diaz. Da maneira que eu sempre vira, Castro tinha embarcado primeiro numa

---

* Chuchu estava com ele quando visitou o Papa, e Torrijos o apresentou como "meu ministro da Defesa".

aventura revolucionária na América do Sul, contrariando os desejos da União Soviética, que naquela época não queria qualquer confusão na América Latina, o que resultou na traição e morte de Guevara pelo Partido Comunista da Bolívia. Acreditava, e ainda acredito, que a aventura angolana era para Castro uma tentativa de demonstrar um grau de independência, e foi só então que sua atitude se mostrou parcialmente vitoriosa, porque a União Soviética veio em seu apoio. Ele tinha mais um motivo: há uma grande população negra em Cuba, e ajudar um governo negro na África era uma forma de se separar espetacularmente do racismo da Cuba de Batista, onde os casamentos entre raças diferentes eram proibidos, e até mesmo os bares de Havana eram vetados aos negros porque eram clubes nos quais somente homens brancos eram aceitos. Há uma tremenda ironia a respeito da situação em Angola. Os Estados Unidos se queixam das tropas cubanas, mas são as tropas cubanas que protegem as instalações da Gulf Oil da invasão na guerra civil com a Unita.

Diaz tinha três planos com relação a mim. Queria que eu voltasse à Nicarágua, onde os líderes sabiam da minha amizade por Omar, para lhes provar que o espírito de Omar continuava vivo no Panamá. Depois eu iria visitar Cuba e me encontrar com Fidel Castro, com a mesma finalidade. (O embaixador cubano no Panamá, disse, iria me convidar.) O terceiro plano era uma visita ao povoado conhecido como Ciudad Romero, que havia sido construído na floresta por refugiados de El Salvador que tinham sido salvos por Omar de seu perigoso exílio em Honduras. Chuchu prontamente se ofereceu para me levar aos três lugares em seu avião de segunda mão, e eu não tive coragem de dizer não. Assim, fiquei satisfeito quando Diaz disse que eu devia ir à Nicarágua num jato das Forças Armadas para dar à minha visita um tom oficial, e quanto ao povoado, só um helicóptero podia descer lá.

III

MAS FOI CHUCHU QUEM, mais do que qualquer outra pessoa, me fez sentir que o espírito de Torrijos ainda estava bem vivo. Numa manhã me pareceu que ele estava demorando demais no posto onde comprava sua gasolina. Quando voltou lhe perguntei o que estivera fazendo.

"Tirando fotografias", disse.

"Fotografias?"

"Sim. Eden Pastora comprou um barco no Panamá. Consegui fotografá-lo enquanto estava fora da garagem. Quero mandar a fotografia para a Nicarágua."

E outra noite, depois do jantar, quis ir à casa de alguém.

"Tenho uma coisa para dar a ele."

"O quê?"

"Há duas metralhadoras no porta-malas do carro."

"Ele quer uma metralhadora para quê?"

"Não é que *ele* queira uma metralhadora. *Eu* é que quero mil cartuchos para armas pequenas. Estamos fazendo uma troca."

"Para os sandinistas?"

"Não, não, eles têm tudo o que querem. Para El Salvador."

Fiquei radiante com essa visão do professor José de Jesús Martínez, poeta e matemático, fazendo seu trabalho característico.

IV

NO DIA SEGUINTE ENCONTREI PELA PRIMEIRA vez o Señor Blandón, funcionário do Ministério das Relações Exteriores, encarregado de organizar o que mais tarde ficou conhecido como o Grupo de Contadora, ofensiva diplomática que esperava que pudesse evitar guerras na América Central. O grupo ainda trabalha pela paz, mas o plano era bem mais ambicioso naquela época. Porque além do Panamá, da Colômbia, da Venezuela e do México, também se esperava incluir Cuba e os Estados Unidos no grupo. Acreditava realmente, perguntei ao Señor Blandón, que Reagan concordaria em aderir a qualquer organização que incluísse Cuba? Sim, respondeu-me, com a aproximação das eleições americanas era possível que Reagan pudesse achar politicamente desejável juntar-se a eles. Ele não tinha o apoio do Congresso para suas operações secretas, e quanto à guerra aberta entre Honduras e Nicarágua, devia saber que havia alguma inquietação entre os oficiais subalternos do Exército hondurenho; os guerrilheiros de El Salvador eram suficientemente fortes para uma manobra nas fronteiras de Honduras; e a superioridade da aviação e dos tanques de Honduras tinha pouca importância no tipo de região onde teriam de lutar. Era verdade que o plano diplomático não agradava ao general Paredes, mas tinha sido aprovado pelo presidente, e os cubanos chegariam no dia seguinte para discuti-lo. Confirmou que Fidel Castro tinha me convidado para ir a Havana, por isso era importante que eu visitasse o embaixador cubano.

    Quando visitei o embaixador eu não acreditava no convite de Castro, que passou a ser, como pensei acertadamente, um convite da Casa de las Américas para uma espécie de congresso cultural em Havana. Disse ao embaixador que só estava interessado na situação política; não tinha tempo para aquela visita cultural.

    Mais tarde o presidente conversou comigo sobre a minha visita à Nicarágua — que parecia se assemelhar cada vez mais a uma missão. A mensagem que queria transmitir à Junta era: não falem agressivamente, mas apelem ao Conselho de Segurança por uma força das Nações Unidas na fronteira com Honduras. O Panamá, membro do Conselho, apoiaria um apelo como aquele, e se os Estados Unidos usassem seu poder de veto, a Nicarágua conseguiria uma vitória em sua propaganda. Parecia uma ideia razoável.

Depois de visitar o presidente, tomei uns drinques com o coronel Noriega, chefe do Estado-Maior. Ele também estava ansioso pela minha visita à Nicarágua. Era óbvio que a inclinação direitista do general Paredes embaraçava-o tanto quanto ao presidente, e ele ficou desapontado quando lhe contei a minha recepção na embaixada cubana. Disse que trataria do assunto com o embaixador. Estava certo de que o convite não tinha sido um convite cultural.

Antes de embarcar para a Nicarágua houve na presidência uma festa meio embaraçosa para mim, na qual recebi do presidente a Grande Cruz da Ordem de Vasco Núñez de Balboa. (Keats, aquilo seria lembrado, no seu famoso soneto, confundira Balboa com Cortés, que nunca tinha contemplado o Pacífico com uma suspeita irrefletida, silente, sobre um pico em Darién.)

Eu nada tinha feito que justificasse uma condecoração como aquela, e meu constrangimento aumentou quando me vi enredado na faixa e nas estrelas. Senti-me como uma árvore de natal sendo enfeitada com presentes. Meu único mérito era ter sido amigo de Omar Torrijos, e bem podia imaginar como ele teria rido da minha situação, porque eu lutava com a faixa e tentava pôr as estrelas no lugar. De qualquer modo deve ter havido uma razão tática por trás da cerimônia, talvez o presidente estivesse comunicando aos líderes sandinistas que podiam confiar em mim como mensageiro. Qualquer que fosse a razão, e por mais que estivesse embaraçado, no fim eu tinha certa sensação de felicidade porque o amável presente fazia a gente se sentir um pouco mais próximo do país que tinha gerado Omar Torrijos.

Havia muita gente nos Estados Unidos, tinha certeza, que ia achar que eu estava sendo "usado", mas esse pensamento não me preocupou nem um pouco. Podiam dizer que tinha sido "usado" também em Cuba, em 1958, quando levei agasalhos até Santiago para os homens de Castro em Sierra Maestra, e, por intermédio de um policial militar irlandês meu amigo, consegui questionar o governo conservador na Câmara dos Comuns quanto à venda de jatinhos usados para Batista, mas não me arrependi de nada naquela época e não me arrependia de nada agora. Nunca hesitei em ser "usado" para uma causa em que acreditasse, mesmo que minha escolha fosse apenas por um mal menor. Nunca podemos prever o futuro com exatidão.

Houve uma pequena comédia panamenha na minha partida para Manágua. Chuchu estava comigo, é claro, e no aeroporto ficamos sabendo que os nicaraguenses tinham mandado um jatinho me buscar, trazendo a bordo meu futuro anfitrião, Mario Castillo, que trabalhava para Humberto Ortega, ministro da Defesa, mas os panamenhos estavam insistindo para que eu viajasse num avião deles. Após uma discussão prolongada, Castillo concordou em juntar-se a nós em nosso avião, e o avião nicaraguense, vazio, voou ao lado do nosso. Bebemos a vodca do Señor Castillo durante todo o trajeto para Manágua, e aquilo atenuou a situação embaraçosa.

V

No aeroporto de Manágua encontrei alguns rostos familiares que tinham ido me receber. O padre Cardenal, ministro da Cultura, estava lá, e também a bela esposa de Daniel Ortega, Rosario, que eu conhecera em San José, na Costa Rica, quando bebemos juntos fora do alcance da voz de Chuchu enquanto conversava com o líder da Junta. Era o começo de dias tumultuados.

Minha sesta na casa de Castillo foi interrompida aquela tarde pela visita de um velho monsenhor, que antes de eu sair da Europa um professor irlandês, que havia passado alguns meses na Nicarágua, me recomendara que visitasse. Com ele eu poderia discutir a estranha atitude do arcebispo Obando.

O arcebispo havia desempenhado um papel muito corajoso no começo da guerra civil. Tinha, em certo sentido, legitimado a guerra aos olhos dos católicos através da publicação de uma carta pastoral contra Somoza, o que facilmente poderia lhe ter custado a vida. Quando o Palácio Nacional foi tomado por Eden Pastora, ele viajou para o Panamá com Pastora e os homens que Somoza tinha libertado, inclusive Tomás Borge, com o objetivo de garantir a segurança deles, e agora tinha se voltado contra a Junta como Pastora havia feito. Seria apenas porque havia marxistas no governo? Lembrei-me do Chile e de como Allende tinha ministros comunistas em seu governo, e mesmo assim nunca perdera o apoio do arcebispo de Santiago. Na verdade, no Dia Nacional, em 1972, eu vi o arcebispo presidindo uma cerimônia ecumênica na catedral acompanhada por todos os membros do governo, inclusive pelos comunistas. O Evangelho foi lido por um protestante, orações foram rezadas por um rabino judeu, e o sermão foi pregado por um jesuíta. Até a embaixada chinesa mandou seus representantes.

O velho monsenhor tinha uma teoria própria para justificar a mudança de lado do arcebispo. Achava que era vaidade ferida. O arcebispo havia adquirido o hábito de aparecer na televisão rezando a missa todos os domingos em Manágua. O novo governo tinha decidido, com razão, que a missa dominical televisionada deveria ser oficiada a cada domingo numa paróquia diferente — nas cidades de Granada e León, e também nas paróquias rurais. O arcebispo opôs-se à perda do seu monopólio, então o governo cancelou totalmente a missa televisionada.

O governo tinha se esforçado para reconquistar o arcebispo, pela corajosa posição que havia assumido no início da guerra civil. Tinham se oferecido para ajudar a reconstruir a catedral danificada pelo terremoto. Ele recusara porque o local era inadequado. Tinham oferecido um lugar amplo para a nova catedral, mas ele havia rejeitado porque iam instalar um acampamento militar nas proximidades. A Igreja proíbe soldados de assistirem à missa?

"Ele é muito conservador", comentou o monsenhor delicadamente. (Como pároco, correra sério risco por abrigar em sua casa refugiados sandinistas de Somoza.) "Sempre usa batina". Parecia que, para o arcebispo Obando, João XXIII não tinha existido e que o Concílio Vaticano II nunca havia acontecido.

Na manhã seguinte visitei o Centro para Estudos Ecumênicos. Com exceção de um ministro presbiteriano americano, um jovem representante do governo no Vaticano e um tradutor, todos eram padres católicos e eram críticos reais severos do arcebispo, mais do que o próprio monsenhor. Corria, por exemplo, a surpreendente história da "Virgem que transudava" em Cuapa.

Em 1981 o arcebispo inaugurou uma campanha mariana consagrando o país, em 28 de novembro, ao Imaculado Coração de Maria, campanha dispensável na Nicarágua, que era um país quase tão católico quanto a Polônia. O movimento foi promovido por *La Prensa*, o jornal oposicionista conservador, e havia um nítido cheiro de política naquilo.

Em dezembro *La Prensa* fez uma reportagem sobre "o milagre da Virgem que transuda". Uma estátua de madeira na igreja de Cuapa fora vista transudando, e logo devotos católicos estavam amontoados diante do altar improvisado para a estatueta, a fim de apanhar o suor em chumaços de algodão. Mais tarde o suor passou a ser conhecido como lágrimas (talvez o suor fosse encarado como coisa pouco nobre), lágrimas derramadas pela pobre Nicarágua sob o comando dos sandinistas. O estranho é que ela nunca chorara pela Nicarágua sob o domínio de Somoza.

Normalmente a Igreja é muito cautelosa a respeito de milagres, e qualquer "milagre" passa por uma investigação rigorosa. Nenhuma investigação desse tipo foi feita. O arcebispo visitou a estatueta, e seu escudeiro conservador, bispo Vivas, declarou que não havia explicação humana para a transudação (ou para as lágrimas).

A explicação humana, porém, foi encontrada logo. Todas as noites a estatueta era submersa em água e depois colocada num congelador, assim, muito naturalmente, suava durante o dia. A descoberta da fraude, entretanto, não mereceu divulgação através do *La Prensa* ou dos dois bispos. Na verdade, no final de 1982 os bispos estavam planejando transformar Cuapa em santuário oficial.

A próxima visita do papa à América Central foi discutida no Centro. Todos estavam apreensivos, e com razão, como ficou provado mais tarde. Um novo cardeal da América do Sul tinha recentemente designado um arcebispo que politicamente pertencia à extrema direita, e a direita na América Latina não se parece com a direita conservadora na Europa. É a direita dos bandos assassinos de El Salvador e dos matadores do arcebispo Romero. Fora talvez sob a influência do novo cardeal que o papa havia feito do afastamento dos dois sacerdotes que faziam parte do governo, padre D'Escoto, ministro do Exterior, e padre Cardenal, ministro da Cultura, uma condição para sua visita. Todos no Centro eram favoráveis à recusa da condição. Porém era tarde para voltar atrás, mas o padre D'Escoto, durante a visita papal, foi à Índia numa missão muito diplomática, e os aparelhos de televisão do mundo todo mostraram o velho de cabelos brancos, Cardenal, poeta muito respeitado na América Central, de joelhos diante do papa, tentando lhe beijar a mão, que o papa afastou bruscamente e depois lhe sacudiu um dedo em reprovação — um espetáculo revoltante que não agradou a multidão, que também não gostou do fato de o papa não ter feito qualquer referência ao funeral, no dia anterior, de dezessete jovens sandinistas assassinados pelos Contras, no mesmo local.

Depois de falar com os padres no Centro, fui de carro a uma cidade rebatizada como Ciudad Sandino para visitar duas freiras americanas que pertenciam, como o padre D'Escoto, à ordem Mary Knoll. A cidade tinha cerca de sessenta mil habitantes muito pobres. As freiras viviam nas mesmas condições que os pobres

— numa cabana com um telhado de lata e um cano de água no quintal. Uma delas, mulher ainda jovem, impressionou-me particularmente. Vivia lá havia dez anos e tinha sofrido a ditadura de Somoza e toda a guerra civil.

Falou sobre as mudanças que tinham sido feitas pelos sandinistas. Com Somoza havia apenas um médico na cidade, um homem preguiçoso e incompetente. Agora havia três clínicas, estavam treinando parteiras, e notava-se uma grande melhora na saúde das crianças. Sob Somoza nenhum habitante era dono de um pedaço de sua cabana e de um pedacinho de terra. Toda a terra pertencia aos somozistas, que podiam expulsar qualquer um à vontade, assim não havia qualquer empenho em plantar. Agora eu mesmo podia ver como os moradores estavam cultivando legumes, e até flores.

Fiz perguntas a respeito dos índios miskito. Grande parte da propaganda antissandinista tinha sido baseada na remoção dos miskito do lugar onde moravam na costa do Atlântico. Aquilo se transformara na principal zona de guerra, que era constantemente invadida pelos Contras vindos de Honduras, chefiados pela velha Guarda Nacional de Somoza. O próprio Tomás Borge, ministro do Interior, admitira para mim que os sandinistas tinham procedido inabilmente. Não tinham explicado corretamente aos índios, disse, o motivo de sua remoção para acampamentos fora da zona. A freira americana, porém, tinha visitado os acampamentos e negava que o mau tratamento fosse verdade. Achara-os bem alojados e bem alimentados, e menos carentes de serviços médicos do que eram antes.

Saímos cedo no dia seguinte, às seis e quarenta e cinco, para outra zona de guerra na fronteira com Honduras, ao Norte. Éramos um grupo de seis, Chuchu e eu, um médico barbudo e gordo, um jornalista cubano, uma fotógrafa e nosso guia, um capitão do Exército. Quando entramos na zona de guerra, depois de Chinandega, um carro de escolta juntou-se a nós. Uma ponte na estrada principal tinha sido explodida pelos Contras e estava em conserto com a ajuda de engenheiros cubanos.

Paramos em Somotillo, onde há um quartel militar, e assistimos ao treinamento da milícia local — uma espécie de guarda doméstica de camponeses e artesãos. Como era domingo, havia muitas crianças com suas mães assistindo, e eu tive uma sensação de desassossego quando vi uma criança de oito anos posando para um fotógrafo com um rifle — sentimento irracional, porque qual é a diferença entre uma criança com um rifle real e um de brinquedo? Um garoto de catorze anos correu, precipitou-se no pátio, disparou num alvo ao lado de um velho que parecia estar nos seus setenta anos. Observei que na Nicarágua os camponeses envelhecem cedo, mas, quando soube que tinha lutado com Sandino anos atrás contra Somoza e contra os fuzileiros navais dos Estados Unidos, percebi que sua aparência não desmentia sua idade, pois Sandino fora assassinado em 1934. Tinha uma enorme dignidade e me falou muito seriamente de García Márquez quando soube que eu era escritor. Quando lhe disse que "Gabo" era meu amigo, ele apertou minha mão.

Enquanto viajávamos ao longo da fronteira, a estrada estava quase deserta e era dominada em toda a sua extensão pelas colinas do lado hondurenho. Segundo nosso guia, pelo menos duas ou três mortes eram provocadas diariamente por fogo de morteiros atirados de Honduras, os quais não podiam ser revidados porque a Nicarágua não queria ser acusada de fazer guerra contra Honduras. O mínimo que suspeitei foi que a zona de guerra para onde estavam nos levando era uma região quase pacífica. Finalmente chegamos a uma cidadezinha, Santo Tomás, que ficava a três quilômetros da fronteira — de fato, um limite da cidade, onde a milícia tinha seu quartel-general (um velho miliciano dormia deitado no chão tendo seu rifle por travesseiro), ficava a menos de duzentos e setenta metros de

Honduras. Trincheiras tinham sido cavadas em semicírculo contra um possível ataque, e estava sendo feito um exercício de adestramento para nossa distração. Soou um alarme e os milicianos entraram nas trincheiras — velhos e garotos saltando e tomando posição com agilidade variada. Havia disposição — mas nem sempre havia habilidade física. Era um espetáculo que teria divertido e deliciado Omar. Durante todos aqueles dias senti falta da sua presença e falei dele frequentemente — com Tomás Borge, com Daniel Ortega, chefe da Junta, com Humberto Ortega, ministro da Defesa e comandante do Exército, com Lenin Cerna, chefe da Segurança, com o padre Cardenal, a quem ele tinha dado abrigo no Panamá. Algumas vezes me surpreendia cogitando se Eden Pastora teria desertado seus companheiros caso Omar estivesse vivo.

No dia seguinte, quando visitei Tomás Borge em sua casa e conheci sua esposa e filho, achei que minha missão não era tão fácil como eu tinha pensado. Ele mostrou ser perigoso tanto para o coronel Diaz quanto para o coronel Noriega. Talvez ambos lhe parecessem um pouco corrompidos pelo fato de seu oficial superior ser o general Paredes.

Suponho que para um homem como Borge, que foi preso, que lutou e sofreu numa guerra civil, muitas vezes deve haver uma impaciência com a paciência. Omar compartilhara daquela impaciência, mesmo quando controlava a sua própria com relutância. Mas parecia que no Panamá um derramamento de sangue havia muito fora afastado: não era a forma natural para uma revolução lá. O general Paredes, amigo do general americano Nutting, não ficaria na chefia da Guarda Nacional por muito mais tempo: tinha de renunciar para se candidatar à presidência em 1984 — na verdade pretendia renunciar no ano seguinte, antes da data da eleição. Como Diaz dissera, os dias heroicos do Panamá tinham passado — os dias em que Omar estava disposto, se não conseguisse o Tratado, a sabotar o Canal e tomar as montanhas e a selva —, enquanto na Nicarágua os dias heroicos continuavam, a luta contra Somoza havia sido substituída pelo confronto com os Contras, com Pastora, com Honduras e, depois deles, com o imenso poder dos Estados Unidos. Para Borge, talvez o Panamá sem Omar fosse apenas o Panamá de cento e sessenta e três bancos e de iates de estrangeiros ricos navegando sob a bandeira panamenha, e da oligarquia da qual eu ainda não tivera um vislumbre. Um confronto com os Estados Unidos dizia respeito, exceto quanto a Omar e aos Porcos Selvagens, apenas aos estudantes, aos cortiços das cidades, aos *barrios* pobres como El Chorillo. Para muitos dos camponeses da zona rural, a política, testemunhei, significava muito pouco mais do que o preço da iúca, ao passo que na Nicarágua quase todo o país se levantara contra o tirano e as Forças Armadas.

Borge me levou para visitar Lenin Cerna, chefe da Segurança, que me mostrou um pequeno museu dedicado a provas da intervenção americana: trajes militares trazendo o nome e o endereço dos fabricantes americanos, e alguns explosivos bem desagradáveis disfarçados de lanternas EverReady, e, pior ainda, um camuflado numa caixa de piquenique de Mickey Mouse (registrada "Walt Disney Productions") magnetizada, podendo assim ficar presa ao lado de um carro — uma atração irresistível para crianças. O chefe da inteligência americana estivera visitando a Nicarágua, e quando almocei com Humberto Ortega e seus assessores, lhes perguntei se haviam mostrado aquelas bombas ao general. "Sim", respondeu Ortega, "e ele me disse que não tinham partido do Exército." Contou-me que o general começara a conversa com uma insinuação de chantagem, mas acabara numa disposição muito amistosa, admitindo que havia algumas diferenças entre o Pentágono e o Departamento de Estado. Lembrei-me de que o Pentágono tinha alertado Carter sobre a necessidade de cem mil homens para guarnecer o Canal e a Zona. Quantos seriam necessários para tomar a Nicarágua?

VI

EM MINHA ÚLTIMA NOITE NA NICARÁGUA recebi uma visita inesperada que deixou atrás de si uma triste lembrança. Chuchu e eu ainda éramos hóspedes do Señor Castillo, que estava assessorando o setor administrativo do Ministério da Defesa, numa bela casa com jardim e com uma bonita anfitriã, guardada por sentinelas uniformizadas, onde me senti, devo admitir, meio isolado da revolução sandinista. Eu tinha um quarto na casa e Chuchu ocupava uma pequena casa de hóspedes no jardim. Recebemos então um recado de que Marcial queria me visitar, mas não desejava entrar na casa principal. Foi combinado um encontro na casa de hóspedes.

Não via Salvador Cayetano desde que tínhamos nos encontrado no Panamá, em 1981, quando intercedera em vão pela vida do embaixador sul-africano. O codinome Marcial parecia agora uma precaução desnecessária, porque observei que, embora o tenha usado numa dedicatória que escreveu para mim naquela noite, o livro que autografou havia sido publicado com seu próprio nome. Dois anos antes aquilo talvez parecesse um descuido da segurança. Cayetano era um dos comandantes da associação de forças guerrilheiras da FMLN em El Salvador e pode não ter confiado inteiramente na atmosfera de conforto burguês da casa do assessor administrativo de Ortega, por isso não tivera vontade alguma de entrar nela. Chegou à casa de hóspedes no jardim com dois dos seus guarda-costas armados.

A *Time* tinha publicado uma nota desastrosa sobre nosso encontro anterior. Eu comentara imprudentemente com meu amigo Diederich que Cayetano tinha os olhos mais impiedosos que eu me lembrava de ter visto, e por isso não gostaria de ser seu prisioneiro. O comentário foi deslocado do contexto em que eu falava dos sofrimentos do próprio Cayetano devido à prisão e à tortura, e embora a *Time* tenha publicado minha carta de correção, sua primeira nota foi usada contra ele pela imprensa da direita em El Salvador. Esperava por isso certa frieza em nosso segundo encontro. Nada disso aconteceu. Ignorou minha tentativa de me justificar — o caso não tinha importância alguma — e me cumprimentou com o que me pareceu quase afeição. Desde que o conhecera, tinha deixado crescer uns fiapos de barba no estilo Ho Chi Minh e parecia muito mais velho do que era, sessenta e três anos. E eu não mais seria capaz de descrever seus olhos como impiedosos.

Foi logo ao assunto, abrindo um grande mapa de El Salvador sobre os joelhos. Com os dedos minúsculos indicou rapidamente as posições dos militares e dos guerrilheiros e a estratégia que pretendia seguir — um ataque aqui, um ataque lá, um deslocamento de guerrilheiros daquela para esta região. Parecia razoavelmente confiante no sucesso. Se eu fosse um agente secreto, aquilo podia ser valioso como informação ou desinformação. O destino que o colheu três meses mais tarde me faz perguntar se ele não tinha o hábito de confiar nos outros com demasiada despreocupação.

Depois que acabou e dobrou o mapa, falamos em termos mais gerais. Perguntei-lhe sobre o que fazia com seus prisioneiros, que deviam ser um estorvo para os guerrilheiros, e me lembrei de como em Sierra Maestra, durante a guerra civil cubana, Castro tirava as calças dos prisioneiros e os libertava. "Precisamos de botas, não de calças", disse Cayetano. "Tomamos as botas deles e os deixamos partir. Temos uma necessidade terrível de botas. No tipo de região em que estamos lutando, um par de botas resiste somente cerca de um mês." E eu me recordei do sonho em que Omar se viu sem botas na selva. Cayetano acrescentou que armas não eram um problema sério. Armas poderiam ser compradas em qualquer lugar, e de todo modo um suprimento regular fora capturado do inimigo.

Perguntei-lhe sobre o futuro caso ganhassem a guerra. Declarou que haveria total liberdade religiosa em El Salvador. Apenas registro o que me disse, e ele certamente não ignorava que estava falando com um católico romano. Só o futuro dirá se ele estava ou não falando a verdade, mas é voz corrente que o arcebispo Damas está assumindo em El Salvador a mesma posição heroica do arcebispo Romero contra os esquadrões da morte, e Cayetano me contou que os guerrilheiros tinham recebido muita ajuda de padres individualmente. Acredito que falava com sinceridade e talvez estivesse começando a vencer a amargura dos seus sofrimentos no passado. Ele não acreditava — isso era óbvio — numa solução política.

Antes de partir me deu um exemplar do seu único livro, *Secuestro y capucha* (Sequestrado e encapuzado), dedicado a seu "Querido hermano", abraçou-me com certa ternura e desapareceu no jardim com seus dois guardas. Três meses depois se suicidou.

Cayetano estava na Líbia (tratando do embarque de armas com Kadafi? Quem poderá saber?) quando recebeu a notícia de que sua representante e fiel camarada de tantos anos, a comandante Mélida Anaya, havia sido brutalmente assassinada em Manágua. Assassinatos por razões políticas não são incomuns, mas não se podia encontrar justificativas para a selvageria com que aquele assassinato fora cometido. Oitenta perfurações de punhal foram encontradas em seu corpo, e como um golpe de misericórdia os assassinos tinham lhe cortado a garganta. Quando Cayetano voltou a Manágua, os dois homens que haviam cometido o assassinato estavam presos, e também o mandante do crime. O cabeça do motim, assim foi anunciado, era o homem em quem Cayetano mais confiava entre os guerrilheiros. Cayetano matou-se com um tiro no coração, sentado numa poltrona. Como nós, no Ocidente, podemos julgar um homem como aquele e o grau de seu sofrimento?

Os três homens ainda estão presos em Manágua esperando o momento, se algum dia chegar, em que serão levados a julgamento por um governo popular em El Salvador, e desde a morte de Cayetano o mistério do assassinato e do suicídio se tornou muito mais profundo. Dizem que Mélida Anaya começara a ficar a favor de uma solução política para a guerra. A FPL, grupo do próprio Cayetano, passou com isso a se dividir, e sugeriram até que Cayetano tinha ordenado seu fim. Mas por que a brutalidade? Se culpado, por que voltara a Manágua? Um dia saberemos a verdade?

VII

NO DIA SEGUINTE LANCEI-ME AO ÚLTIMO ESTÁGIO do programa que tinha sido planejado para mim. Humberto e Daniel Ortega tinham conferido em Cuba e me asseguraram que o convite provinha de Fidel Castro, e não da Casa de las Américas. Os nicaraguenses providenciaram um jatinho, que me contaram ter sido antigamente o avião particular de Somoza, e quando escolhi meu lugar o piloto estava rindo. "O senhor escolheu o de Somoza", disse.

Chuchu e eu tínhamos agora um companheiro meio curioso que Chuchu de algum modo apanhara na Nicarágua. Tinha implorado que Chuchu lhe desse uma carona para o Panamá. Aparentemente era um guerrilheiro colombiano que, depois de dezenove anos na selva, queria voltar para casa e aproveitar a vantagem de uma anistia oferecida pelo novo presidente, mas como não tinha documentos não podia viajar num avião comercial. Chuchu planejava alojá-lo com Rogelio e Lidia, como havia feito com o dúbio professor da Guatemala, até que pudesse lhe conseguir um passaporte. (Chuchu era um homem de artifícios sem fim quando se tratava de contrabandear armas ou pessoas, mas senti pena do pobre Rogelio e de Lidia.) O colombiano era homem de falar pouco. Usava um boné mesmo durante as refeições e limpava as unhas na toalha enquanto comia.

Fomos recebidos em Havana por um velho conhecido meu, Otero, que viajara comigo e com o poeta Pablo Fernández por toda Cuba em 1966, e pelo então chefe da Segurança, Piñeiro, que eu conhecera no mesmo ano jogando basquetebol com Raúl Castro e outros ministros, às duas da madrugada, observados pelas pacientes esposas. Sua intimidante barba vermelha ficara branca como a neve, o que lhe conferia um ar patriarcal. Durante o trajeto para a casa nos arredores de Havana, onde ficaríamos hospedados à noite, falamos de uma coisa e outra, e fiquei espantado quando soube que o homem que tinha sido por tanto tempo chefe da Segurança em Cuba ainda imaginava que o M15 e o M16 eram ramificações rivais do serviço de informações militar. Achei que era desnecessário — e talvez meio humilhante para ele — corrigir seu erro. Almoçamos juntos e depois Piñeiro saiu para combinar o encontro com Castro.

À noite fomos para nosso encontro na casa onde meu amigo García Márquez estava instalado. Castro estivera jantando com Gabo na embaixada espanhola. Não via Castro desde que tínhamos passado algumas horas da noite juntos em 1966, e ele me dera um quadro pintado por meu amigo Porto Carrero. Parecia mais jovem, mais magro e mais despreocupado. Inventei uma fórmula para cumprimentá-lo que o divertiu. "Não sou um mensageiro. Sou a mensagem." Em outras palavras, eu fora enviado à Nicarágua pelos dois coronéis, Diaz e Noriega, e depois a Cuba, pelos Ortega, como o amigo reconhecido de Omar Torrijos, para mostrar que, apesar do general Paredes, as ideias de Torrijos ainda estavam bem vivas no Panamá.

Castro comentou: "Seria muito bom que Paredes fosse eleito presidente porque teria pouco poder para causar danos. Seria lamentável se os conservadores indicassem um candidato que concorresse contra ele e vencesse. Então haveria um presidente conservador e a ameaça de um general conservador".

Quanto à guerra em El Salvador, Castro mostrava-se tão otimista quanto Cayetano. Acreditava que os guerrilheiros tomariam o poder no final de 1983. Hoje sabemos que o coronel Diaz, que acreditava numa luta prolongada e inconclusiva, estava mais próximo da verdade.

Castro tinha lido — provavelmente por insistência de Gabo — quase um terço do meu romance *Monsenhor Quixote*, e isso nos levou ao tema do vinho, pelo qual ele se mostrou inesperadamente interessado. Também tinha lido a respeito de minhas dificuldades com a Justiça de Nice.

Gabo entrou então no assunto da roleta-russa que eu jogara na adolescência (como acontecia habitualmente com Gabo, estava mal informado sobre os fatos, e disse que eu tinha praticado o jogo no Vietnã). Castro quis saber as circunstâncias exatas, o número de vezes que eu tinha jogado e a que intervalos. Disse-me: "Não era para você estar vivo".

"Não é verdade. Matematicamente cada vez que alguém joga as chances são as mesmas — cinco a um contra a morte. As chances não são afetadas pelo número de vezes que a gente joga."

"Não, não. Aí você está errado. As chances não são as mesmas." Começou a fazer cálculos incompreensíveis que não pude acompanhar e concluiu novamente: "Não era para você estar vivo".

Quis saber então que dieta eu seguia.

"Dieta nenhuma. Como o que gosto e bebo o que gosto."

Isso com certeza o espantou, porque seguia uma dieta muito severa, e rapidamente mudou de assunto.

Como em 1966, nos despedimos às primeiras horas da manhã. À porta ele disse, com um sorriso: "Diga-lhes que recebi a mensagem".

Naquela noite no banheiro fiquei muito assustado. Fui urinar e havia um pedaço de papel marrom no vaso sanitário. Quando o xixi caiu em cima dele, o fragmento marrom pulou para fora do vaso e aterrissou na parede acima da minha cabeça. Era uma rã. Talvez seja a lembrança mais duradoura de minha visita à Cuba comunista. Nunca tinha ouvido dizer antes que uma rã pudesse pular mais do que seis pés numa decolagem vertical.

VIII

ALGUMAS HORAS DEPOIS EU ESTAVA de volta ao Panamá, onde não fiquei nem um pouco infeliz por ver que tinha perdido minha pretensiosa suíte, que agora parecia ter sido destinada a um visitante importante, o sr. Kissinger. Fiquei menos feliz porque perdi uma gravata amarelo-ouro que tinha ganhado de alguém que eu amava — talvez o sr. Kissinger herdara aquilo também. Meu amável guarda-costas agora estava protegendo o sr. Kissinger.

O coronel Diaz me chamou e eu lhe contei sobre minha viagem. Insistiu que meu conhecimento sobre o Panamá não era completo se eu não visse algo da vida dos burgueses da alta sociedade, para os quais Omar tinha sido uma maldição. Devia ir com ele aquela noite a uma festa de inauguração da casa de um conhecido seu. "Mas, por favor, não conte a ninguém que esteve na Nicarágua e em Cuba."

A festa era um pesadelo, e eu não tinha o apoio de Chuchu. Podia-se ouvir o barulho a duas ruas de distância. Havia um bufê no jardim, mas nunca consegui chegar até ele porque estava separado de mim por centenas de convidados, todos elevando a voz ao máximo para se fazerem ouvir acima da barulheira de uma orquestra que estava decidida a dominar os convidados. Um convidado berrou no meu ouvido: "Recém-chegado da Inglaterra?". E eu travessamente ignorei a recomendação do coronel Diaz.

"Não, de Cuba."

"De onde?", perguntou com incredulidade.

"Cuba", gritei em resposta, "e Nicarágua."

Ele abriu caminho no meio da multidão para se esquivar, e eu abri caminho para fugir dela. Seriam estas as pessoas que iriam eleger o próximo presidente?

IX

Foi assim que me vi num helicóptero, jogado de cá para lá, com a filha de Omar. Estávamos voltando de uma visita a um povoado batizado em memória do arcebispo de San Salvador, o primeiro arcebispo a ser assassinado, desde são Tomás Becket, no altar, enquanto celebrava a missa.

A Ciudad Romero fora talhada na selva numa região abaixo da cidade montanhosa de Coclesito, onde Omar tinha construído sua casa modesta e onde três anos antes eu visitara os búfalos. Havia quatrocentos e vinte refugiados salvadorenhos no povoado, e quase metade deles eram crianças — algumas delas nascidas em seu novo lar. Suas velhas casas tinham sido destruídas por bombas lançadas de aviões, e depois tinham sido queimadas pelos militares. Haviam fugido para Honduras, onde acharam as condições quase tão ruins e perigosas como em El Salvador. Não sei como Omar tomara conhecimento da situação deles, mas mandou um avião buscá-los e trazê-los para o Panamá. Após a chegada foram deixados por algum tempo num posto militar em Cimarrón para se recuperarem, e então o chefe deles foi convidado a escolher um local para construir seu próprio povoado. Escolheu aquele lugar na selva por causa da fertilidade do solo, do inesgotável suprimento de madeira para as casas, e porque ficava sobre as barrancas de um rio navegável; assim, suprimentos que de outra forma teriam de vir por via aérea poderiam chegar por mar, pois não havia estradas através da selva.

Todos os aldeões tinham se reunido na escola para nos receber, para recepcionar em especial a filha de Omar, porque a filha de Omar era muito querida por eles. Sempre que ia à sua casa em Coclesito, ele tomava um helicóptero até o povoado, e seus bolsos estavam sempre cheios de doces para as crianças. Um dos aldeões falou do poema que escrevera em homenagem a Omar, e eu pedi para ouvi-lo. Tinha sido musicado por outro camponês, e ele cantou o poema acompanhado por um tambor, um violão e um violino.

Os aldeões deviam ter ouvido o poeta cantar seu poema muitas vezes, mas escutavam com solene intensidade. Estavam ouvindo a história de sua própria vida. Era como se sentissem que ela se tornara tema de literatura. O poema era todo em versos de oito sílabas e o som das meias rimas parecia transformá-lo em poesia grosseira. (Chuchu traduziu as palavras para mim.)

Voy a contar una historia:	*Vou contar uma história:*
lo que mi Pueblo sufría	*o que o meu povo sofria*
por una Junta asesina	*por uma Junta assassina*
que compasión no tenía.	*que não tinha compaixão*
Cuando un Primero de Mayo	*Quando num Primeiro de Maio*
dos aviones bombardearon	*dois aviões bombardearam*
y los soldados quemaron	*e os soldados queimaram*
las casitas que teníamos.	*as casinhas que tínhamos.*
De allí salimos a Honduras,	*Dali fomos para Honduras,*
llegamos a Las Estancias	*chegamos a Las Estancias*
allí estuvimos seis meses	*ali ficamos seis meses*
bajo mucha vigilancia.	*sob muita vigilância.*

Venimos a Panamá, nos fuimos pa' Cimarrón allí estuvimos un tiempo sólo en recuperación.	Viemos para o Panamá, fomos pra Cimarrón ali estivemos um tempo só em recuperação.
El Gobierno panameño fue el que asilo nos dió, y el señor Omar Torrijos, General de División.	O Governo panamenho foi quem nos deu asilo e o sr. Omar Torrijos, General de Divisão.

Hoy Panamá está de luto,
lo sentimos su dolor,
porque ha perdido a un gran
      [hombre,
hombre de mucho valor.
	Hoje o Panamá está de luto,
	sentimos sua dor,
	porque perdeu um grande
	      [homem,
	homem de muito valor.

El General fue un lider, lider de fama mundial, y que luchó por los pobres, sincero y muy popular,	O General foi um líder, líder de fama mundial, e que lutou pelos pobres, sincero e muito popular,
Este Pueblo panameño y su Guardia Nacional, yo los admiro y los quiero, es un Pueblo fraternal.	O povo panamenho e sua Guarda Nacional, eu os admiro e amo, é um povo fraternal.
Los Latinoamericanos decimos en voz popular: no lo olvidaremos jamás al querido General.	Os latino-americanos Dizemos numa só voz: Não esqueceremos jamais o querido General.

Ya con ésta se despiden   *Já com esta se despedem*
los humildes campesinos   *os humildes camponeses*
que viven fuera 'e su Patria   *que vivem fora de sua Pátria*
por un Gobierno asesino.   *por causa de um governo*
                                                                                      [assassino.

Uma garota entre as aldeãs me atraiu a atenção pela melancólica beleza de seus olhos. Parecia ter cerca de dezesseis anos, e achei que fosse a jovem mãe de uma criança que segurava entre os joelhos, mas, quando se levantou para sair ao terminar a canção, percebi que ela própria era uma criança, não tinha mais de doze anos — o fogo, as bombas, a morte é que lhe tinham dado uma maturidade tão precoce.

Acabada a reunião na escola, havia alguma coisa que os camponeses queriam nos mostrar com urgência. Ouvi a palavra "altar", "altar", ser repetida com frequência enquanto nos levavam para os arredores do povoado, e lá estava de fato um altar que tinham construído, e em cima dele estavam a fotografia do arcebispo assassinado no centro e fotografias de Omar em ambos os lados. Lembrei-me da igreja abandonada que tinha visto em Coclesito com as galinhas ciscando na nave, e me lembrei também do que Omar disse, no primeiro dia em que o vi, quase sete anos antes, a respeito de cemitérios em vilas: "Se as pessoas não cuidam dos mortos, não cuidarão dos vivos". Aquelas pessoas, sem dúvida, estavam cuidando de seus mortos.

x

Chegou o momento de me despedir, mas primeiro havia uma obrigação que eu tinha de cumprir. Certamente o general Paredes não era um daqueles que tinham procurado manter vivos as ideias e os ideais de Torrijos, mas dificilmente poderia deixar o Panamá sem vê-lo e sem lhe agradecer pelo avião para Manágua e pelo helicóptero para o povoado de Romero. Ele me convidou para almoçar num novo restaurante, chamado Charlot em homenagem a Charlie Chaplin, e eu aceitei, mas então recebi um aviso do proprietário do restaurante. Um dos convidados seria um jornalista refugiado cubano que viera de Miami no rastro de Kissinger. Com minha experiência, acho que nenhum jornalista é inteiramente confiável, mas um refugiado cubano... que história aquele homem podia inventar sobre minha visita a Fidel Castro! Mandei um recado dizendo que sentia muito, mas não conseguiria almoçar se o jornalista estivesse lá, e o general modificou sua lista de convidados. A seu favor devo dizer que não mostrou ressentimento pela minha interferência.

Era estranho me encontrar outra vez para tomar aperitivos na casa que Omar partilhara com seu amigo Rory González e que agora era ocupada pelo general Paredes. Não havia muitas mudanças óbvias, mas inevitavelmente havia uma grande sensação de vazio, e eu procurei em vão ao redor pelo periquitinho de Omar. O coronel Diaz estava lá, e também o coronel Noriega, a quem pude transmitir um convite de Lenin Cerna para que visitasse a Nicarágua. A Paredes transmiti os bons votos de Fidel Castro para a eleição presidencial. Pareceu-me que Paredes aceitou aqueles votos como um sinal de prestígio, com um sorriso de gratificação.

Teriam os bons votos de Castro afetado até mesmo sua ideologia? Durante o almoço fiquei surpreso ao ouvi-lo criticar a política de Reagan para a América Central, e teve até algumas palavras gentis para os sandinistas. Parecia ansioso por me mostrar que estava seguindo a linha de Torrijos, e no meio do almoço me presenteou com um relógio caro e extravagante com a inscrição: "Do general Paredes para um irmão inglês do general Torrijos". Era impossível recusar o presente, mas era um presente embaraçoso.

Não pude deixar de perceber o cínico regozijo dos outros convidados que sabiam qual tinha sido a minha missão.

O general Paredes não seguiu a linha de Torrijos por muito tempo após o almoço. Alguns meses depois li que tinha visitado a Costa Rica e falara contra a política de seu próprio presidente e contra as atividades pacificadoras do Grupo de Contadora, e mais tarde certo mistério o cercou, pois alguns meses após ter se afastado da Guarda Nacional para começar sua campanha à presidência, anunciaram que ele desistira da disputa. Semanas mais tarde o enigma se tornou mais complicado. Contaram que ele não estava concorrendo à eleição porque, se fosse derrotado, aquilo se refletiria sobre a Guarda Nacional. Teria percebido o que estava por trás dos bons votos de Castro, e havia agora o perigo do resultado que Castro temia? Entretanto, Chuchu me tranquilizou por telefone no outro dia: Paredes, disse-me, estava *liquidado*.

Naquela noite ofereci um jantar de despedida aos meus amigos no restaurante peruano, a Chuchu e Silvana, Rogelio e Lidia, e, inevitavelmente, ao refugiado colombiano que ainda não conseguira os documentos de que precisava e que ainda usava um boné e limpava as unhas à mesa. Talvez dezenove anos de vida na selva úmida fizessem as unhas crescer depressa.

No dia seguinte enquanto aguardava meu avião na sala diplomática do aeroporto, Kissinger entrou em cena numa saraivada de flashes. Gostaria de lhe perguntar se estava com minha gravata amarelo-ouro, mas preferi fugir depressa porque o jornalista cubano estava no mesmo voo para Miami e me localizara. Meu velho guarda-costas estava tomando café perto da porta, então havia outro adeus a ser dito. Tive a impressão de que ele preferira a vida de maior convívio que tinha levado com Chuchu e comigo à vida nas sombras de Kissinger.

Era também um adeus ao Panamá, um país pequeno pelo qual, depois de sete anos, eu tinha adquirido grande afeição. Cinco ou seis vezes desde que comecei a escrever este último capítulo o telefone tocou e me trouxe a voz de Chuchu instando-me a voltar. "Os nicaraguenses chamam você", sempre acrescentava como um estímulo que eu recebia com ressalvas. Mas de qualquer modo me sinto incapaz de lhe dizer um firme "Não, não, não posso voltar". Embora o Panamá pertença ao passado, a um trecho de minha vida que se foi, eu desconverso, tergiverso. Talvez dentro de três meses, digo... ou quatro... talvez no próximo ano seja possível, porque dizer um "não" definitivo a Chuchu seria fechar finalmente as páginas de um livro e relegar a uma estante as lembranças que ele contém sobre um morto a quem amei, Omar Torrijos.

PÓS-ESCRITO

TALVEZ EU TENHA SIDO EXCESSIVAMENTE CÉTICO a respeito de algum papel desempenhado pela CIA na morte de Omar Torrijos. Depois que escrevi este livro, chegou-me às mãos um documento que aparentemente é um relatório minoritário, datado de 11 de junho de 1980, endereçado ao Departamento de Estado em Washington.

O autor, ou autores, falam da importância vital do Panamá para os Estados Unidos, em conexão com El Salvador. "O general Torrijos, que continua a exercer controle sobre as Forças Armadas e poder de veto sobre os programas do governo, é descrito em nosso perfil de personalidades como 'volátil, imprevisível... populista demagogo com uma visceral predisposição antiamericana... e propenso à bebida', apenas uma descrição de um aliado fidedigno. Nossa situação precária no Panamá foi recentemente demonstrada pela condenação pública do presidente Royo ao nosso programa de treinamento para os salvadorenhos.

"Considerar os seguintes vínculos adicionais entre Panamá e El Salvador:

• Embora inicialmente defensores do golpe de 15/10/79, o general Torrijos — e o governo panamenho — desenvolveram ligações com os moderados FDR/DRU [à esquerda].

• As dificuldades econômicas do Panamá e sua dependência da comunidade bancária americana o tornam potencialmente suscetível à nossa pressão. Entretanto, os mesmos fatores, combinados com nossa tendência a agir opressivamente, podem encorajar o ressurgimento de sentimento anti-imperialista.

• Nos últimos seis meses o Panamá tem expressado seu descontentamento a respeito de vários pontos ligados a infrações percebidas com relação ao cumprimento dos acordos.

• O general Torrijos está em posição de assumir o controle de dois pontos-chave em qualquer operação militar americana direta na região: o canal e as bases."

Outro documento emitido um mês antes pelo Conselho de Segurança Interamericano, no número 305 da 4th Street, em Washington, fala da "ditadura brutalmente agressiva de extrema esquerda de Omar Torrijos", e critica o relacionamento amigável do presidente Carter com Torrijos. Nenhum desses relatórios teria afetado aquele relacionamento — Carter saberia com que prevenção e inexatidão tinham sido escritos, mas no final do ano Reagan havia chegado ao poder.

É por isso que começo a ter vontade de saber se o rumor corrente no Panamá de uma bomba escondida num gravador que foi levado inconscientemente por um segurança para o avião de Omar Torrijos deve ser totalmente desprezado. Não posso esquecer a lanterna EverReady e a caixa de piquenique Walt Disney que vi em Manágua. O avião era canadense, e peritos canadenses examinaram os destroços. Gostaria muito de ler o relatório deles. Contaram-me que não encontraram nenhum sinal de falha no motor, o que nos deixa com a alternativa: erro do piloto ou uma bomba.

ESTE LIVRO, COMPOSTO NA FONTE FAIRFIELD,
FOI IMPRESSO EM PAPEL PÓLEN SOFT 70 G/M, NA GRÁFICA LIS,
SÃO PAULO, BRASIL, JULHO DE 2016